Elisa Lark

Wer Feuer sät, wird Tod ernten

Kurzbeschreibung

Karl trinkt beim Feuerwehrfest einen über den Durst. Am nächsten Tag erfährt er, dass es in der Nacht einen verheerenden Brand mit einem Todesopfer gegeben hat. Es stellt sich heraus, dass es sich bei dem zu Tode gekommenen Mann, um Karls Feuerwehrkamerad handelt, der nach dem Fest in der besagten Scheune ein Nickerchen gehalten hat. Karl ist schockiert und macht sich samt fiesem Kater auf die Suche nach dem Feuerteufel.

1. Kapitel

9. Juli, abends halb zehn in Niederhaibach

„Wir sollten langsam nach Hause gehen“, sagt Rosi zu mir.

Sie sieht mich mit ihrem typisch warnenden Blick an. Wenn sie so dreinschaut, dann ist ihre Aussage kein Vorschlag, sondern ein Befehl. Dabei ist es gerade so unterhaltsam. Unsere Feuerwehr feiert ein Fest und wir sind schon seit sechs Uhr abends da. Zuerst haben wir lecker gegessen und jetzt sitzen wir mit ein paar Freunden am Bierzelttisch und trinken die ein oder andere Halbe. Es ist wirklich lange her, dass wir so nett zusammengesessen sind.

„Geh Rosi, so jung kommen wir doch nicht mehr zusammen“, ruft der Xaver angetrunken.

Er hat als Dorfmetzger das ganze Grillfleisch und die Würstl für dieses Fest geliefert und nun feiert er mit uns. Wir sind beide schon Jahrzehnte bei der Feuerwehr. Mittlerweile haben die Jüngeren das Ruder übernommen und wir Alten können uns auf die Feierlichkeiten beschränken.

„Eine Halbe geht schon noch“, stimme ich Xaver zu und ernte dafür einen finsteren Blick von Rosi.

„Na, wie wäre es mit einer Runde Schnapserl?“, fragt die eine.

Ich bin gerade im Begriff abzulehnen und den Kopf zu schütteln. Doch Xaver kommt mir zuvor.

„Aber nur, wenn ihr einen mittrinkt“, antwortet er ihnen.

„Freile“, erwidert sie gutgelaunt.

Wie viele von den kleinen Schnäpsen die beiden heute wohl schon getrunken haben?

Zumindest wirken sie ziemlich gut gelaunt, was darauf schließen lässt, dass sie schon den ein oder anderen geleert haben.

„Was mögt ihr denn?“, fragt die etwas Fülligere der beiden.

„Was habt ihr denn?“, erwidert Richard.

„Feigling, Obstler, Bärwurz, Blutwurz“, zählt sie auf.

„Ich nehme einen Obstler“, sagt Xaver.

„Und ich einen Bärwurz“, ruft Georg.

Nacheinander bestellt jeder meiner Freunde seinen Lieblingsschnaps. Anschließend sind die Augen der beiden Frauen auf mich gerichtet.

„Und welchen magst du?“, fragt die Schmächtigere.

„Für mich nicht, danke“, lehne ich ab.

Sofort fallen meine Freunde regelrecht mit Worten über mich her.

„Freile, trinkst du einen mit!“, fordern sie beinahe unisono.

„Tja, mitgehangen, mitgefangen“, schmunzelt die junge Frau.

„Ja, dann gibst mir halt einen Obstler“, gebe ich schließlich nach.

„Ihr zwei nehmt euch aber auch einen!“, fordert Xaver.

Die beiden entscheiden sich für zwei kleine Feigling-Fläschchen. Das ist vermutlich eine gute Wahl, denn der hat viel weniger Alkohol als die restlichen Schnäpse. Da die beiden wohl noch mehrmals mittrinken müssen, halten sie so vermutlich länger durch.

Wir öffnen die kleinen Fläschchen und prosten uns zu. Anschließend kippe ich das hochprozentige Getränk in meinen Mund. Es brennt die Kehle hinab und ich kann nur mit Mühe verhindern zu husten.

Als die beiden jungen Frauen abziehen, greifen wir unisono zu unseren Bierkrügen und spülen den Schnaps hinunter. Ich sehe dabei zu, wie die beiden jungen Frauen zur Schenke gehen. Anschließend beobachte ich, wie sie die kleinen Feigling-Schnapsfläschchen mit Leitungswasser füllen.

Jetzt wird mir so einiges klar. Die beiden Frauen trinken nicht jedes Mal Alkohol, sondern foppen die Gäste mit wassergefüllten Fläschchen. Aber das ist ihnen ja auch nicht zu verdenken, denn wenn sie das nicht tun würden, dann hätten sie wohl längst einen heftigen Rausch.

Als ich mich schließlich auf den Heimweg mache, ist es bereits weit nach Mitternacht. Ein Stück lege ich mit Richard zurück, denn wir haben die gleiche Richtung auf unserem Nachhauseweg. Er ist mindestens genauso betrunken, wie ich.

Arm in Arm schlendern wir durch die Straßen und als Richard anfängt zu singen, stimme ich mit ein. Ein Glück, dass Rosi schon zu Hause in ihrem Bett liegt. Sie würde vermutlich jetzt die Arme über den Kopf zusammenschlagen, wenn sie mich so sehen würde.

Als ich bei mir zu Hause ankomme, dauert es eine ganze Weile, bis ich es schaffe den Schlüssel in das Schloss zu stecken und die Haustür aufzusperren.

Hoffentlich schläft Rosi längst tief und fest. Ich versuche so leise wie möglich nach oben ins Bad zu gehen. Leider steht mir ein Blumenstock im Weg. Ich stoße mit dem kleinen Zeh dagegen, was nicht nur Lärm verursacht, sondern auch verdammt weh tut.

„Was machst denn für eine Gaudi?“, ruft meine Frau, als sie aus dem Schlafzimmer kommt.

Verdammt, genau das wollte ich eigentlich vermeiden.

„Karl, du bist ja total besoffen!“

2. Kapitel

10. Juli, vormittags halb elf in Niederhaibach

„Servus Karl, da ist der Hansi. Könntest du vorbeikommen? Wir haben eine Leiche."

„Müssen denn die Mörder immer am Wochenende zuschlagen?", frage ich seufzend.

Sonntag ist Ruhetag und eigentlich verbringe ich den damit meine Füße in die Sonne zu halten und Rosis Kuchen zu genießen. Vor allem, wenn ich unter einem so starken Kater leide, wie heute. Doch wie es scheint hat sich jemand dazu entschlossen mir das Wochenende zu versauen.

„Ich bin gleich da", sage ich zu Hansi, bevor ich das Gespräch beende.

Eigentlich zerspringt mein Kopf gleich und ich sollte mich vermutlich lieber auf das Sofa legen, um den Kater auszukurieren. Aber bei einem Mordfall oder besser gesagt Leichenfund, muss mein körperlicher Zustand hintenanstehen.

Bevor ich aufbreche, muss ich aber dringend noch etwas gegen meine stechenden Kopfschmerzen tun. Eigentlich wollte ich diese ja tapfer ertragen, was mir in der Hängematte im Garten vielleicht auf gelungen wäre. Aber unter diesen Umständen zu arbeiten, werde ich kaum aushalten.

Ich suche im Apothekerschrank nach Aspirin, werde allerdings nicht fündig. Jetzt bleibt mir nur eins übrig. Ich muss Rosi fragen, ob sie noch irgendwo Schmerztabletten gebunkert hat. Daher gehe ich zu ihr in die Küche. Sie ist gerade beim Kochen und zieht die Augenbrauen in die Stirn, als ich den Raum betrete. Offensichtlich hat sie mir noch nicht verziehen, dass ich gestern so über die Stränge geschlagen habe.

„Ich muss in die Arbeit und brauche was gegen die Kopfschmerzen."

Ihr Mitleid hält sich augenscheinlich in Grenzen, denn sie wirkt ziemlich kühl und abweisend.

„Wer saufen kann, der soll es auch aushalten", erwidert sie und widmet sich wieder dem Herd.

„Wenn ich nicht arbeiten müsste, dann würde ich es aushalten", entgegne ich.

„In der ganz rechten Schublade ist noch eine Packung Aspirin", brummt sie knapp.

Ich angle mir eine der Brausetabletten und hole anschließend ein Glas aus dem Schrank. Als ich es mit Leitungswasser am Wasserhahn gefüllt habe, lasse ich die Tablette hineingleiten. Es beginnt zu sprudeln und ich muss eine Weile warten, bis sich das weiße Zeug ganz aufgelöst hat.

In einem Zug leere ich das Glas und stelle es anschließend auf die Arbeitsplatte.

„Könntest du es bitte gleich in die Spülmaschine räumen und nicht wieder einfach stehenlassen?“, fragt Rosi genervt und mit deutlichem Vorwurf in der Stimme.

Fehlt nur noch ein tiefer Seufzer, doch den verkneift sie sich offenbar. Natürlich komme ich ihrer Aufforderung sofort nach. Immerhin möchte ich sie nicht noch mehr verärgern. Sie bereitet gerade die Knödel zu, die es heute zu den Jägerschnitzeln gibt, für die sie die Zutaten schon bereitgestellt hat. Von diesem leckeren Essen würde ich gerne etwas abbekommen, wenn ich wieder zurückkomme.

„Also dann bis später“, sage ich gutgelaunt, in der Hoffnung, dass sich ihre Laune auch etwas bessert.

Sie wirft mir jedoch lediglich einen finsteren Blick zu.

„Wann kommst du denn wieder?“

„Das kann ich noch nicht sagen. Kommt darauf an, wie lange wir brauchen“, antworte ich schulterzuckend. „Du hebst mir aber schon etwas von dem leckeren Essen auf oder?“

„Also, dass dir nicht übel ist und du überhaupt an Essen denken kannst, so einen Rausch wie du gestern hattest“, erwidert sie kopfschüttelnd.

„Du kennst mich ja“, sage ich schmunzelnd. „Hunger habe ich immer.“

Ich drücke ihr zur Versöhnung einen Kuss auf die Wange, bevor ich mich auf den Weg zum Tatort mache.

Hansi hat mir die Adresse gegeben, die sich ganz in der Nähe befindet und als ich mich dieser nähere, sehe ich schon von Weitem um welches Unglück es sich handelt. Auf einem Hof steht ein Gebäude, das völlig ausgebrannt ist. Sieht aus, als würde es sich um einen ehemaligen Schuppen handeln.

Ich stelle den Wagen ab und steige aus. In der Luft hängt der beißende Geruch, den ein solches Feuer verursacht. Auf dem Gelände befinden sich viele Kollegen und als ich Rudi sehe, vermute ich schon das Schlimmste.

Er hockt am Boden und erst als ich mich ihm nähere sehe ich die verkohlte Leiche. Zu Verbrennen muss wirklich ein schrecklicher Tod sein. Hansi und Simone stehen ebenfalls neben der Leiche und sehen Rudi bei der Arbeit zu.

„Servus Karl“, sagt Simone, als sie mich bemerkt.

„Was ist passiert?“, frage ich nach einer kurzen Begrüßung.

„Die Ermittlungen laufen noch, doch nach allem was wir bisher wissen, wurde heute Nacht ein Feuer gelegt und dieser arme Mann hier ist wohl in dem Feuer umgekommen“, erklärt Hansi.

„Von wo ging das Feuer aus?“, hake ich nach.

„Auf der anderen Seite steht ein Mofa, oder was davon übrig ist. Wie es aussieht, war das die Brandursache“, antwortet Simone.

„Stellt sich die Frage, ob dieser Mann Opfer eines schrecklichen Unfalls war oder ob es sich um Mord handelt?“, fasse ich zusammen.

„Zumindest konnten die Kollegen schon mit Sicherheit sagen, dass das Feuer nicht zufällig ausgebrochen ist. Das war kein Unfall, sondern Brandstiftung“, sagt Simone.

„Wissen wir denn schon, wer das Opfer ist?“

Ich ernte für meine Frage vorwurfsvoll Blicke, die nicht ganz grundlos sind. Natürlich ist es unwahrscheinlich, dass es an der verkohlten Leiche etwas gibt, dass uns einen Hinweis auf seine Identität gibt. Außerdem ist auch sonst alles in diesem Gebäude verbrannt.

„Also nicht“, beantworte ich meine eigene Frage.

„Wie man sieht ist alles, was er bei sich hatte, verbrannt. Selbst wenn er also einen Ausweis oder dergleichen mit sich geführt hätte, von dem wäre wohl nicht viel übriggeblieben.“

Simone sieht mich belehrend an.

„Aber keine Sorge, wir werden schon rausfinden mit wem wir es hier zu tun haben“, versichert Rudi.

Während unser Kollege von der Gerichtsmedizin weiter die Leiche untersucht, sehen wir uns den Tatort genauer an. Das Mofa, von welchem wohl der Brand ausging, ist völlig ausgebrannt. Nur noch das schwarze Gerippe ist zu erkennen.

„Das Feuer hatte seinen Ursprung genau hier“, erklärt ein Kollege der Spusi, der gerade das Mofa genauer untersuchte. „Seht ihr das kleine Loch?“

Erst als ich meine Lesebrille aus meiner Hemdtasche hole und auf die Nase setzte, kann ich erkennen was er meint. Selbst dann muss ich noch ganz nahe rangehen. Im Tank befindet sich ein winziges Löchlein, das mit dem bloßen Auge kaum zu erkennen ist. Zumindest wenn die Augen schon so schlecht sind, wie die meinen.

„Das hat doch jemand absichtlich reingebohrt“, murmle ich, als ich es mir genauer ansehe.

„Ja, das vermute ich auch. Die scharfen Kanten und die klare runde Form zeigen deutlich, dass es mit einem Bohrer oder dergleichen verursacht wurde. Es ist eher unwahrscheinlich, dass aus Versehen jemand mit einem spitzen Gegenstand dagegen gestoßen ist, ohne es zu bemerken“, stimmt der Kollege mir zu.

„Selbst wenn, ausgelaufenes Benzin verursacht ohne Funken noch lange kein Feuer“, wirft Simone ein.

„Also gab es einen Feuerteufel“, sagt Hansi entschlossen.

„Komischer Zufall“, murmle ich.

„Was meinst du?“, hakt Simone nach.

„Bei uns im Dorf war gestern das Feuerwehr Gartenfest und ausgerechnet in dieser Nacht schlägt der Feuerteufel zu“, erkläre ich.

„Du denkst, es war vielleicht einer der Gäste vom Feuerwehrfest?“, fragt Hansi.

„Na ja, es ist ja schon komisch, dass das Fest und der Brand auf dieselbe Nacht fallen.“

3. Kapitel

10. Juli, mittags halb eins in Niederhaibach

Als ich das Haus betrete, kommt mir schon ein köstlicher Duft entgegen.

„Du bist schon wieder da?“, fragt Rosi überrascht.

„Ja, bevor die Kollegen nicht alle Spuren ausgewertet haben und wir nicht wissen, wer das Opfer ist, können wir nicht viel tun“, antworte ich ihr.

„Was ist denn passiert?“, hakt sie nach, während sie das Essen auf den Tisch stellt.

Während des Essens erzähle ich ihr alles.

„Und es ist sicher, dass es Brandstiftung war?“, fragt Rosi ungläubig.

„Es sieht alles danach aus.“

„Ja spinnen denn die Leute jetzt komplett?“, sagt sie aufgebracht. „Dabei dachte ich immer, dass es bei uns am Land nicht so viele Irre gibt.“

Wie es scheint hat sich das leider geändert. Ich bin ziemlich sicher, dass meine These richtig ist und der Brand etwas mit dem Feuerwehrfest zu tun hat. Allerdings weiß ich nicht, ob der Täter den Brand gelegt hat, um einen Mord zu begehen, oder ob das Opfer ungewollt war.

Wie auch immer, ein Menschenleben wurde ausgelöscht und wir sind es dem Opfer und vor allem den Angehörigen schuldig, den Täter so schnell wie möglich hinter Gitter zu bringen. Ich hoffe nur, dass das Opfer nicht jemand aus meinem Freundeskreis ist, denn ich habe ein ganz flaues Gefühl in der Magengegend.

„Schmeckts dir nicht?“, fragt Rosi mich und reißt mich damit aus meinen Gedanken.

Erst jetzt fällt mir auf, dass ich gerade mal einen Bissen gegessen habe und seither lediglich auf meinem Teller herumstochere. Es ist unglaublich, wie sehr mich dieser Fall beschäftigt, denn es ist wahrlich eine Seltenheit, dass ich mich vom Essen ablenken lasse.

„Doch natürlich, es ist köstlich wie immer“, erwidere ich.

Ich schneide mir ein Stück von dem Fleisch ab, das butterweich auf der Zunge zergeht. Auch die Soße ist ein Traum und am liebsten würde ich sie mit dem Löffel essen, um mehr davon in den Mund zu bekommen.

„Dieser Fall scheint dich ganz besonders zu beschäftigen“, sagt Rosi nach einer Weile.

Sie kennt mich einfach schon so lange und weiß genau was in mir vorgeht, auch ohne, dass ich es ihr sagen muss. Wenn man so ewig verheiratet ist, dann versteht man sich eben ohne Worte.

„Ich habe die Befürchtung, dass da jemand eine ganz große Dummheit gemacht hat“, gestehe ich ihr.

„Was meinst du?“

„Vielleicht wollte der Täter ja nur ein kleines Feuer machen und hat die Ausmaße gar nicht erwartet.“

„Du denkst es war ein Kinderstreich?“, hakt sie stirnrunzelnd nach.

„Das wäre natürlich auch möglich“, murmle ich nachdenklich. „Allerdings ist das Feuer mitten in der Nacht ausgebrochen. Das spricht eher nicht für einen Kinderstreich. Die schlafen da normalerweise schon.“

Ich zucke die Schultern und seufze.

„Wie auch immer, wir werden es schon herausfinden.“

Während ich meinen Teller leere, sieht Rosi mich nachdenklich an. Ob sie weiß, dass ich mich vor dem Ergebnis sogar ein bisschen fürchte. Ich hoffe wirklich, dass sich da nicht jemand mit einem dummen Jungenstreich das Leben versaut hat.

Sollte ich mit meiner Vermutung richtig liegen, dann war das Opfer nicht gewollt. Immerhin lag die Leiche am anderen Ende der Scheune. Für mich sieht es danach aus, als wäre der Mann einfach zur falschen Zeit am falschen Ort gewesen. Dann hat sich da jemand die Schuld eines Mordes aufgeladen und mit dieser zu Leben ist sicherlich nicht einfach.

Ganz unabhängig davon, dass er dafür ins Gefängnis gehen wird.

„Heute könnten wir noch ein bisschen wandern gehen“, schlägt Rosi vor.

„Von mir aus“, stimme ich zu, obwohl ich diese Freizeitaktivität eigentlich nicht bevorzuge.

Allerdings tut es mir heute vielleicht ganz gut, den Kopf etwas freizukriegen. Ich sollte nichts hineininterpretieren, bevor wir nicht alle Untersuchungsergebnisse vorliegen haben.

Rosi sieht mich überrascht an. Vermutlich hat sie nicht damit gerechnet, dass ich mich so ganz ohne Erpressung dazu bereiterkläre. Ich helfe ihr auch beim Tisch abräumen, was mir ebenfalls verwunderte Blicke einbringt.

„Was ist denn heute mit dir los?“, fragt sie stirnrunzelnd.

„Du sagst doch immer, ich soll mich mehr im Haushalt einbringen“, antworte ich ihr.

Ständig beschwert sie sich, dass ich ihr mehr zur Hand geben soll und jetzt passt es ihr auch wieder nicht. Manchmal kann man der Frau aber auch gar nichts recht machen.

„Ich bin nur überrascht, dass du es auch tatsächlich tust“, erwidert sie.

Während Rosi alles in die Spülmaschine räumt, suche ich meine Wanderschuhe aus dem Schuhschrank. Man sieht deutlich, dass ich sie schon lange nicht mehr anhatte, denn sie wirken etwas eingestaubt.

Ein bisschen Bewegung wird mir sicher guttun, was mir ja auch meine Frau immer wieder unter die Nase reibt.

„Wo gehen wir denn hin?“, rufe ich Rosi zu, die noch immer in der Küche beschäftigt ist.

„Ach, nur bei uns eine Runde oder?“, erwidert sie, als sie in den Flur kommt.

Ganz in unserer Nähe ist ein kleiner Berg, der von Wald bedeckt ist und durch den es schöne Wanderwege gibt. Leider beantwortet Rosi meine Frage mit ihrer Aussage nicht direkt, denn es gibt verschiedene Möglichkeiten der Wanderwege in unterschiedlichen Längen und Schwierigkeitsgraden.

„Welche Runde genau meinst du?“, hake ich misstrauisch nach.

„Mal sehen wie lange es uns Spaß macht“, erwidert sie.

Sie dreht wieder um und geht zurück in die Küche. Ich folge ihr, denn eigentlich wollten wir doch jetzt losgehen. Rosi holt Butter und Wurst aus dem Kühlschrank, bevor sie ein paar Scheiben Brot aufschneidet. Ich runzle die Stirn. Das was meine Frau gerade macht ist kein gutes Zeichen.

Da wir gerade gegessen haben, schmiert Rosi gerade die Brote für die Wanderung. Ich bin ja wirklich immer für Essen zu haben, aber in diesem Fall bedeutet es, dass es sich nicht nur um eine kleine Runde handelt, denn dann bräuchten wir keine Brotzeit.

„Wie es aussieht hast du doch vor länger unterwegs zu sein?“, frage ich misstrauisch nach.

„Ach was, ich nehme nur eine Kleinigkeit mit. Immerhin kenne ich dich gut genug, um zu wissen, wie verfressen du bist“, sagt sie schmunzelnd.

„Wie kommst du nur darauf, dass ich verfressen wäre?“, frage ich schmollend.

Sie wirft einen demonstrativen Blick auf mein kleines Bäuchlein und zieht dabei ihre Augenbrauen in die Stirn.

„Ich hole mal den Rucksack“, schlage ich vor, um ihrem vorwurfsvollen Blick zu entgehen.

Ich gebe ja zu, dass mein Bäuchlein seit meiner Pensionierung nicht kleiner geworden ist, obwohl Rosi alles daran setzt mich mit gesunder Ernährung fit zu halten. Zumindest nennt sie es so. Für mich ist es vielmehr eine Qual. Zumindest wenn Rosi es besonders streng sieht und mich mit Grünzeug und zuckerfreien Kuchen beglückt.

Dabei wusste ich bis vor kurzem nicht einmal, dass es zuckerfreien Kuchen überhaupt gibt. Das Ganze nennt sich dann Bananenbrot. Es ist ja auch nicht so, dass man es gar nicht essen könnte. Wie sagt man so schön, in der Not frisst der Teufel Fliegen. Doch im Vergleich zu einer Sahnetorte ist so eine Scheibe Bananenbrot ziemlich trocken. Es hat so gar nichts von einer leckeren Sünde, die ich mir sonst gerne mal gönne.

4. Kapitel

11. Juli, vormittags halb zehn in Straubing

„Was hatscht du denn heute so?“, fragt Hansi mich, als ich das Büro betrete.

„Ich war mit meiner Frau gestern noch wandern“, erkläre ich und bin sicher, dass dies meinen Zustand erklärt.

„Auweh, hat´s dich recht g´sprengt?“, fragt er amüsiert.

„Du kennst sie ja“, seufze ich.

Es war gut, dass sie gestern die Brotzeit eingepackt hat, denn wir waren gut drei Stunden unterwegs. Heute spüre ich jeden einzelnen Muskel, sogar jene, die ich schon Jahre nicht mehr wahrgenommen habe. Ich bin nicht mal sicher, ob ich überhaupt wusste, dass sie da sind.

„Gibt´s schon was Neues zu dem Brand?“, frage ich neugierig, als ich mich auf meinen Stuhl fallen lasse.

Seufzend stoße ich den Atem aus, denn ich spüre jeden einzelnen Muskel in meinen Beinen. So schnell werde ich mich nicht mehr bereiterklären mit Rosi eine Wanderung zu machen. Schon gar nicht, wenn sie anfängt Brote zu schmieren, denn das bedeutet, dass es eine ausgiebige Wanderung wird.

Zumindest hat es mir geholfen, für eine gewisse Zeit den schrecklichen Brand zu vergessen. Doch jetzt werde ich mich darauf konzentrieren zur Lösung dieses Falles beizutragen.

„Wir wissen mittlerweile wer das Opfer war“, antwortet Hansi. „Sein Name war Hubert Steiger.“

„Der Steiger Hubs?“, rufe ich aufgebracht. „Das darf doch nicht wahr sein.“

Ich schlage meine Hand vor den Mund und kann nicht glauben, was ich da höre. Auf dem Feuerwehrfest ist der Hubert noch auf dem Nebentisch gesessen und zu später Stunde haben wir auch noch einen Schnaps mit ihm getrunken.

„Der war ja noch auf dem Feuerwehrfest“, sage ich mit heiserer Stimme.

„Offensichtlich hat er auf dem Nachhauseweg in dem Schuppen eine Pause eingelegt und ist dort eingeschlafen“, erklärt Simone.

Noch immer will es einfach nicht in meinen Kopf, dass der Hubert Opfer dieses verfluchten Brandes geworden ist. Das erklärt wohl auch mein mieses Bauchgefühl das ich die ganze Zeit über hatte. Als hätte ich es schon geahnt.

„Wir hätten ihn mit seinem Saurausch nicht alleine heimgehen lassen dürfen“, murmle ich nachdenklich.

„Ihr konntet ja nicht wissen, dass ein Wahnsinniger ein Feuer legt“, versucht Simone mich zu beruhigen.

„Hatte dein Freund denn Feinde?“, fragt Hansi.

„Der Steiger Hubs?“, frage ich mit hochgezogenen Brauen. „Niemals! Der hat keiner Fliege was zuleide getan. Wer hätte denn was gegen ihn haben sollen?“

Entschlossen schüttle ich den Kopf, denn ich war mir nie zuvor so sicher.

„Die Tat wirkt auch nicht wie ein Mord“, erwidert Simone. „Es sieht so aus, als hätte der Täter zwar das Feuer gelegt, jedoch nicht in der Absicht, dabei jemanden zu töten.“

„Ja, das vermute ich auch“, stimmt Hansi zu.

„Trotzdem hat der Mistkerl dadurch ein Leben auf dem Gewissen“, knurre ich angespannt.

Wer auch immer der Täter war, er hat einen Freund von mir getötet und dafür muss er bezahlen.

„Wissen wir irgendwas das uns dem Täter näherbringt?“, frage ich die beiden.

„Die Kollegen der Spurensicherung haben noch keinen Bericht geschickt“, antwortet Simone.

„Warum brauchen die denn so lange?“, hake ich ungeduldig nach.

„Weil so ein Feuer praktisch alle Spuren vernichtet“, erwidert Hansi. „Das ist wie eine Suche nach der Nadel im Heuhaufen.

Ich bräuchte jetzt dringend einen Schnaps, um die Neuigkeiten zu verdauen. Zur Not würde es auch ein

Kaffee tun, doch wenn ich mich jetzt von dem Stuhl erheben muss, dann spüre ich wieder sämtliche Muskeln.

„Hat jemand Lust auf einen Kaffee?“, fragt Simone plötzlich.

„Kannst du Gedanken lesen?“, entgegne ich erstaunt.

Sie lächelt amüsiert, während sie aufsteht und den Raum verlässt. Hansi und ich bleiben zurück.

„Wie lange vor dir ist das Opfer denn nach Hause gegangen?“, fragt er mich.

Nachdenklich runzle ich die Stirn. Es ist echt schwer mich an die Einzelheiten dieses Abends zu erinnern. Mit so viel Alkohol im Blut ist es gar nicht so leicht die Erinnerungen zu sortieren. Ich weiß nicht mal mehr, wann ich selbst zu Hause angekommen bin.

„Ich schätze mal so circa eine Stunde“, antworte ich nach einer kurzen Bedenkzeit.

„Und wann bist du nach Hause gegangen?“

„Das ist eine gute Frage“, murmle ich und versuche verzweifelt mich an eine Uhrzeit zu erinnern.

Doch ich habe nicht auf die Uhr gesehen. Weder als wir aufgebrochen sind, noch als ich zu Hause angekommen bin.

„Ich kann mich beim besten Willen nicht daran erinnern“, gestehe ich.

„Das hilft uns natürlich nicht“, sagt Hansi enttäuscht.

„Aber warte mal“, werfe ich mit erhobenem Zeigefinger ein. „Meine Frau kann sich ganz sicher noch daran erinnern.“

Ich greife zum Telefonhörer und rufe zu Hause an. Es dauert eine Weile bis Rosi schließlich das Gespräch annimmt und sich mit unserem Familiennamen meldet. Dabei wirkt sie etwas außer Atem.

„Rosi, ich bin es“, erwidere ich.

„Was willst du denn?“, fragt sie überrascht und nicht gerade freundlich.

„Wieso bist du denn so schlecht drauf?“, entgegne ich irritiert.

„Ich war gerade im Keller bei der Wäsche und bin jetzt extra raufgerannt“, erklärt sie.

„Achso, darum schnaufst du so.“

Mir würde jetzt noch ein Tier einfallen, mit dem ich einen Vergleich ziehen könnte. Doch das würde ganz sicher nicht gut ankommen und meine Frau würde mir vermutlich den Kopf abreißen.

„Weißt du noch wann ich am Samstag vom Fest heimgekommen bin?“, frage ich sie.

„Freile, es war ziemlich genau halb zwei“, antwortet sie.

„So genau weißt du das noch?“, hake ich nach.

„Ich habe auf die Uhr gesehen, weil du mich aus dem Schlaf gerissen hast mit deinem Gepolter“, erwidert sie mit deutlichem Vorwurf in der Stimme. „Warum willst denn das wissen?“

„Der Tote bei dem Brand … Stell dir vor, das war der Steiger Hubert.“

Sie zieht mit einem lauten pfeifenden Geräusch den Atem ein und wirkt mindestens genauso geschockt, wie ich es war.

„Wie kann denn das sein?“, fragt sie.

„Er hat wohl auf dem Nachhauseweg in dem Schuppen eine Pause eingelegt und muss eingeschlafen sein. Die Rauchentwicklung hat ihn umgebracht und anschließend ist er verbrannt.“

„Das kommt davon, weil ihr immer so viel saufen müsst“, wirft sie mir lautstark vor.

War ja klar, dass sie mir das wieder zum Vorwurf macht. Dabei tue ich das schon selbst genug. Diese was-wäre-wenn-Fragen jagen durch meinen Kopf und wie ich es auch drehe und wende, sein Tod hätte definitiv verhindert werden können.

„Du, ich muss jetzt wieder arbeiten“, wiegle ich sie ab. „Bis später!“

„Kommst du zum Mittagessen?“, fragt sie noch, bevor ich den Hörer auflegen kann.

„Was gibt es denn?“

„Gemüseauflauf mit Kartoffeln.“

„Rechne mal lieber nicht mit mir“, antworte ich ihr.

Hätte sie jetzt Schweinebraten oder Schnitzel gesagt, hätte meine Entscheidung wohl anders ausgesehen.

5. Kapitel

11. Juli, mittags halb eins in Straubing

„Ich habe jetzt Hunger“, sagt Simone und sieht von ihrem Bildschirm auf.

Da der Bericht der Spusi noch immer nicht da ist, können wir die Zeit auch damit überbrücken, etwas essen zu gehen.

„Da kann ich dir nur zustimmen“, entgegne ich.

„Ja, eine Kleinigkeit könnte ich auch vertragen“, brummt Hansi und reibt sich seinen Bauch.

„Dann schauen wir noch kurz bei der Spusi vorbei“, schlägt Simone vor und zieht dabei eine Augenbraue in die Stirn. „Würde mich schon mal interessieren, wie lange sie noch brauchen.“

Gerade als wir aufbrechen möchten, steckt ein Kollege seinen Kopf durch den Türspalt herein.

„Es hat sich jemand gemeldet, der Samstagnacht beobachtet hat, wie jemand in die Scheune geschlichen ist“, informiert er uns.

„Echt, was genau hat er gesehen?“, frage ich neugierig nach.

Das ist immerhin ein Anfang. Vielleicht haben wir den Täter ja schnell ausfindig gemacht.

„Hoffentlich war es kein Kind“, wirft Simone ängstlich ein.

Ich verstehe ihre Sorge, denn auch ich würde mir wünschen, dass nicht ein dummer Jungenstreich dahintersteckt. Selbst wenn derjenige aufgrund seines jungen Alters straffrei ausgehen würde, müsste er mit dieser Schuld sein ganzes Leben verbringen. Das wünsche ich wirklich keinem.

„Der Anrufer hat nicht viel gesehen, denn es war mitten in der Nacht. Doch den Umrissen zufolge ist er sich ziemlich sicher, dass es sich um einen Mann handelte, der eine Uniform trug. Er meinte, es hätte sich um eine Feuerwehruniform gehandelt.“

„Das ist ja super. Immerhin schränkt es den Personenkreis ein. Es rennen sicher nicht viele rum, die mitten in der Nacht eine Feuerwehruniform tragen“, freut sich Simone.

So leid es mir tut, aber ich muss ihre Euphorie leider dämpfen.

„Genau genommen waren es in dieser Nacht eine ganze Menge. Ein ganzes Zelt voll, wenn du es genau wissen möchtest. Ich war übrigens auch dabei.“

Sie sieht mich mit großen Augen an und es dauert wohl eine Weile, bis sie richtig kombiniert.

„Ach, das Fest auf dem du warst.“

Ich nicke zustimmend.

„Verdammt“, brummt sie anschließend. „Es hätte ja auch einmal ganz leicht sein können.“

„Konnte der Anrufer den Mann nicht genauer beschreiben?“, hake ich bei dem Kollegen nach, der noch immer in der Tür steht.

„Das könnt ihr ihn selber fragen. Ich habe ihn herbestellt, um seine Aussage aufzunehmen“, antwortet er.

„Sehr gut, wann kommt er?“, fragt Hansi nach.

„Er muss noch arbeiten. Ich habe einen Termin um vierzehn Uhr mit ihm vereinbart“, antwortet der Kollege.

„Da bleibt noch genügend Zeit um einen Happen essen zu gehen“, entgegnet Hansi gutgelaunt, als er auf seine Armbanduhr sieht.

Der Kollege verschwindet wieder durch die Tür und wir machen uns auf den Weg. Nicht weit von uns entfernt ist ein Biergarten, den wir des Öfteren zur Mittagszeit besuchen. Da ich weiß, was mich heute Abend zu Hause erwartet, beschließe ich mir einen Schweinebraten mit zwei Knödeln zu gönnen. Immerhin muss ich ja irgendwie den Gemüseauflauf heute Abend und die quälende Wanderung von gestern wieder ausgleichen.

Als wir im Biergarten sitzen, bestelle ich mir das Essen und ein großes Wasser. Hansi schmunzelt bei meiner Bestellung.

„Was grinst du denn so?“, frage ich ihn, als die Kellnerin wieder weg ist.

„Ach nix“, erwidert er.

Von wegen nix!

Er spielt auf meine große Portion Essen und das bestellte Wasser an. Normalerweise trinke ich zu einem Schweinern eine Halbe Bier, oder zumindest ein Radler. Doch ich fühle noch die Auswirkungen meines Saufgelages vom Samstag und mir ist so gar nicht nach Alkohol. Außerdem weiß er, warum ich so ausgehungert bin. Mein Muskelkater kommt schließlich nicht von irgendwo her.

Obwohl ich mich über Hansis Grinsen aufregen muss, kann ich nicht aufhören, an diesen Feuerteufel zu denken. Immerhin wäre es gut möglich, dass ich diesen Feuerwehrmann kenne. Womöglich bin ich sogar ganz in seiner Nähe gesessen. Im schlimmsten Fall ist er auch noch Mitglied bei der freiwilligen Feuerwehr Niederhaibach. Glücklicherweise waren auf dem Fest allerdings auch andere Feuerwehren zu Besuch. Ich gebe die Hoffnung nicht auf, dass der Täter dort zu finden ist.

„Kannst du dir denn vorstellen, dass es einer deiner Feuerwehrkollegen war?“, fragt Simone mich, während wir auf das Essen warten.

Die Frage trifft mich unvorbereitet und dennoch muss ich zugeben, dass ich mir diese schon die ganze Zeit selbst stelle. Trotzdem habe ich keine Antwort darauf, weil ich es scheue eine Abschätzung abzugeben.

„Eigentlich nicht“, antworte ich schließlich nach kurzem Zögern.

„Das klingt aber nicht sehr überzeugt“, entgegnet Hansi mit hochgezogenen Augenbrauen.

„Die Hand würde ich jetzt nicht für jeden ins Feuer legen“, gebe ich schließlich zu.

Erst als die Worte schon meinen Mund verlassen haben, bemerke ich wie unpassend oder womöglich auch in diesem Fall passend die Aussage war.

„Einen Großteil der jungen Mitglieder kenne ich nicht mal oder kaum“, hänge ich noch an.

„Gibt es überhaupt welche, die du mit Sicherheit ausschließen kannst?“, hakt Simone nach.

„Natürlich“, erwidere ich erbost. „Da gibt es eine ganze Menge.“

„Der Zeuge kann uns ja sicherlich sagen, wann er den Mann beobachtet hat. Vielleicht kannst du dich ja erinnern, ob kurz zuvor jemand das Fest verlassen hat, bei dem der zeitliche Ablauf zum Tatzeitpunkt passen könnte“, schlägt sie vor.

Wenn sie wüsste, wie sehr ich mich anstrengen muss, überhaupt noch Erinnerungen an den Abend aus meinem Gehirn zu filtern. Ausgerechnet, wenn ich mal zu tief ins Glas schaue, dann geschieht ein Mord, an dessen Auflösung ich auch noch aktiv mitwirken könnte. Leider nur dann, wenn ich es schaffe den Schleier des Alkohols von meinen Erinnerungen zu entfernen.

„Wenn ich mich nicht daran erinnere, tut es vielleicht einer meiner Freunde“, entgegne ich, um von meinem eingeschränkten Denkvermögen an diesem Tag etwas abzulenken.

Selbst wenn ich jeden einzelnen fragen muss, der an diesem Abend auf dem Fest war, ich werde den Täter finden.

Als die Kellnerin mit dem Essen kommt, bin ich für die Ablenkung dankbar.

„Einmal den Schweinsbraten mit zwei Knödeln für den großen Hunger“, sagt die Kellnerin gutgelaunt in die Runde.

„Der ist für mich“, erwidere ich und hebe meine Hand.

Als sie den Teller vor mir abstellt, steigt mir ein köstlicher Duft in die Nase. Das Fleisch ist mit viel Dunkelbiersoße bedeckt und der Anblick lässt mir das Wasser im Mund zusammenlaufen. Das ist auf jeden Fall besser, als der Gemüseauflauf, der mich zu Hause erwartet hätte.

Beim ersten Bissen schließe ich genüsslich die Lider. Eine Schande, dass meine Rosi sich immer mehr weigert gut bürgerlich zu kochen.

6. Kapitel

11. Juli, nachmittags halb zwei in Straubing

Nach dem Essen machen wir uns auf den Weg zurück ins Revier. Der Zeuge müsste in einer halben Stunde kommen und wir wollen ihn keinesfalls verpassen. Vielleicht kenne ich den Mann ja sogar. Jetzt habe ich glatt vergessen, den Kollegen nach dem Namen des Zeugen zu fragen.

Aber was soll's?

Ich werde ihn sowieso gleich kennenlernen. Auf dem Weg zum Büro nehmen wir uns noch eine Tasse Kaffee mit. Eigentlich nasche ich dazu ja immer etwas Süßes. Entweder von unterwegs Kuchen, oder wenn kein solcher greifbar ist habe ich in meiner Schreibtischschublade immer einen kleinen Vorrat an Keksen und Süßigkeiten. Doch heute bin ich so vollgefressen, dass ich keinen Bissen mehr hinunterbekomme und ich muss wohl nicht betonen, dass dies überaus selten vorkommt.

Im Gegensatz zu mir hat bei Hansi wohl schon noch etwas Platz, denn er hat ebenfalls einen Vorrat in seiner Schreibtischschublade, den er gerade plündert. Er holt eine Packung Schokokekse heraus und bietet Simone und mir auch etwas an. Als ich dankend ablehne, sieht er mich verwundert an.

„Du wirst doch wohl nicht krank?“, fragt er besorgt.

„Keine Sorge, ich habe einfach nur keinen Hunger“, antworte ich ihm.

Simone verzieht grinsend die Lippen.

„Kein Wunder, nach der Riesenportion, die du gerade vertilgt hast.“

Ich werfe ihr einen beleidigten Blick zu.

„Heute Abend muss ich mich mit Gemüseauflauf begnügen, also musste ich ein bisschen vorausessen“, erwidere ich.

„Ein bisschen ist gut“, sagt Hansi amüsiert.

Ich ignoriere ihre Anspielungen. Natürlich haben sie recht, denn die Knödel, die auf meinem Teller waren, hatten beinahe die Größe von Orangen und ich hatte alle Mühe alles aufzuessen. Dennoch hätte ich mir nie die Blöße gegeben und etwas davon übriggelassen.

Eigentlich müsste ich jetzt meinen Gürtel ein Loch weiterstellen, aber dazu bin ich mir auch zu stolz. Immerhin möchte ich nicht, dass Rosi recht behält, mit dem, dass ich immer mehr zunehme und bald eine neue Garderobe brauche.

Als die Tür aufgeht und ein Kollege hereinkommt, ist es erst viertel vor zwei.

„Euer Zeuge wäre schon da“, informiert er uns.

„Kann reinkommen“, erwidere ich ungeduldig.

„Herr Hoffmann bitte!“, fordert unser Kollege den Zeugen auf.

Beim Namen Hoffmann klingeln bei mir die Alarmglocken. Natürlich kenne ich diesen Mann, denn er ist bei der Nachbardorffeuerwehr. Diese ist unser Patenverein und war am Samstag im Fest mit vielen Mann anwesend. Auch der Hoffman Martin war dabei und wenn ich mich recht erinnere, ist er noch gesessen, als ich das Fest verlassen habe. Außerdem war er ebenfalls schon ganz schön betrunken und dementsprechend lustig drauf.

Als er den Raum betritt und mich sieht, stutzt er kurz.

„Ja Ramsauer, servus!“, sagt er überrascht. „Ich dachte du bist in Pension.“

„Normalerweise schon, aber ab und an helfe ich aus“, entgegne ich.

„Wenn ich das gewusst hätte, dann hätte ich mich gleich bei dir gemeldet“, erwidert er.

„Jetzt kannst du uns ja alles erzählen. Komm setzt dich!“

Er kommt meiner Aufforderung nach und setzt sich auf den bereitgestellten Stuhl.

„Magst auch einen Kaffee?“, frage ich ihn.

„Nein danke, da kann ich wieder nicht schlafen.“

„Na dann erzählt mal, Martin!“

Er sieht mich schulterzuckend an.

„Auf meinem Nachhauseweg musste ich dringend mal und daher bin ich etwas abseits der Straße, um mich zu erleichtern“, gesteht er. „Dabei sah ich wie gegenüber der Straße ein Mann in die Scheune schlich. Er sah sich um, als wolle er sich versichern, dass ihn niemand beobachtet. Da ich mich außerhalb des Lichts der Straßenlaternen befand, bemerkte er mich wohl nicht.“

„Und was konnten Sie dann beobachten?“, hakt Simone neugierig nach, als Martin mit der Erzählung stoppt.

„Ich bin anschließend nach Hause gegangen, weil ich mir nichts dabei gedacht habe. Der Mann hätte ja auch der Besitzer der Scheune sein können“, antwortet er.

„Aber es hat Sie doch stutzig gemacht, dass der Mann sich umgesehen hat?“, fragt Hansi.

„Ja, das ist mir aber auch erst im Nachhinein klargeworden, als ich das von dem Brand gehört habe. Immerhin hatte ich zu dem Zeitpunkt ziemlich viel Alkohol im Blut“, gesteht er.

„Kannst du dich denn an den Zeitpunkt erinnern?“, frage ich ihn.

„Also meine Frau sagte mir am nächsten Tag, dass ich um etwa vier Uhr zu Hause war.“

Er sieht schulterzuckend in die Runde.

„Na ja, sie warf es mir vielmehr vor.“

Bei seinem Geständnis zucken meine Mundwinkel. Diesen Teil kenne ich. Meine Frau war auch nicht gerade begeistert, als ich so spät nach

Hause kam und ich muss mir das seither auch immer wieder anhören.

„Das kenne ich“, gestehe ich schließlich.

Er schmunzelt kurz, bevor er verständnisvoll nickt.

„Der Weg vom Fest zu der Scheune dauert zu Fuß ungefähr eine viertel Stunde“, sagt Hansi.

„Ja, aber nur, wenn man nüchtern ist und zügig geht“, erwidere ich wissend.

Auch mein Nachhauseweg hat sich ganz schön gezogen. Mit zu viel Alkohol im Blut macht man eben nicht nur Schritte nach vorne, sondern auch zurück, oder gar seitwärts.

„Warst du denn bei den Letzten dabei?“, frage ich ihn.

„Ja, ich glaube schon“, entgegnet er mir.

„Dann geht es schon hin. Ich weiß von einem Bekannten, dass die Letzten gegen halb vier das Fest verlassen haben. Da warst du dann wohl auch dabei“, sage ich nachdenklich.

Ich habe schon mit dem Vorstand unserer Feuerwehr gesprochen und der hat mir den gesamten Ablauf des Festes, nachdem ich nach Hause aufgebrochen bin, erklärt. Daher weiß ich auch, dass es noch sehr lange nach meinem Aufbruch gegangen ist. Vor allem ein paar Junge haben noch bis in die frühen Morgenstunden gefeiert. Der Martin Hoffmann ist zwar nicht mehr der Jüngste, aber dafür bekannt, dass er gerne bis zum Schluss sitzenbleibt. Kein Wunder seine Frau ist eine ziemliche Biestgurke und vermutlich ist er um jede Stunde dankbar, die er ohne sie verbringen kann.

„Hast du sonst noch etwas gesehen, dass uns irgendwie helfen könnte? Vielleicht irgendwas an dem Mann das uns einen Hinweis auf seine Identität gibt?“, hake ich nach.

„Ich habe nur gesehen, dass der Mann eine Feuerwehruniform und die Kappe trug“, erwidert Martin.

„Da kommen leider sehr viele in Frage“, erwidere ich.

„Mehr kann ich euch leider nicht sagen.“

Martin zuckt mit den Schultern und ich glaube ihm, denn wenn er mehr wüsste, dann würde er mir das erzählen. Immerhin hat auch er den Steiger Hubert gut gekannt und möchte mit Sicherheit seinen Mörder finden. Martin beteuert, wie gerne er uns mehr helfen würde, um Huberts Tod aufzuklären.

Doch leider bringen uns auch weitere Fragen an Martin nicht wirklich weiter. Daher entlassen wir ihn schließlich aus der Befragung. Seufzend lehne ich mich in meinem Stuhl zurück. Es muss doch möglich sein diese Tat aufzuklären. Immerhin haben wir sogar einen Zeugen, der den vermeintlichen Täter gesehen hat. Schade nur, dass er ihn nicht erkennen konnte.

7. Kapitel

12. Juli, morgens halb acht in Niederhaibach

„Du machst ein Gesicht wie drei Tage Regenwetter", sagt Rosi, als wir beim Frühstück sitzen.

Ich stoße seufzend den Atem aus.

„Wir haben noch keinen Hinweis auf Huberts Mörder", brumme ich missmutig.

„Aber du hast doch gesagt, dass es einer von der Feuerwehr gewesen ist", entgegnet sie.

„Ja, aber der Martin kann den Täter nicht beschreiben. Er hat nur gesehen, dass er eine Uniform getragen hat."

„Vielleicht war es ja der, der den Brand gemeldet hat", schlägt sie vor. „Das hat es doch schon öfter gegeben."

„Den Verdacht hatten wir natürlich auch schon. Aber der Mann, der die Feuerwehr gerufen hat, ist nicht bei der Feuerwehr. Außerdem hat er ein Alibi. Er war mit seiner Frau im Bett und hat das Feuer nur gesehen, weil er nachts aufs Klo musste."

„Sag mal, hast du eigentlich die Sirene auch nicht gehört?", frage ich sie, denn ich war zu betrunken, um in dieser Nacht noch was mitzubekommen.

„Doch, das habe ich schon", entgegnet sie.

„Und warum hast du mich nicht geweckt?“

„Wozu denn?“, fragt sie zynisch. „Mit deinem Rausch wärst du sowieso nicht zu gebrauchen gewesen.“

„Da war ich nicht der Einzige. Fast jeder der Einsatzkräfte hatte einen zu hohen Alkoholspiegel.“

„Und wer hat dann das Feuerwehrauto gefahren?“, fragt Rosi.

„Es hat sich glücklicherweise jemand gefunden, der noch fahrtauglich war. Überraschenderweise einer von den Jüngeren.“

Ich bin mir zwar nicht hundertprozentig sicher, ob der Fahrer gar nichts getrunken hat, aber in so einem Fall ist das auch zweitrangig. Immerhin geht es da in erster Linie darum, dass der Brand gelöscht wird.

„Weil ihr alten Deppen immer am meisten saufen müsst“, brummt sie vorwurfsvoll. „Da könnt ihr euch mal ein Beispiel an der Jugend nehmen.“

„Ja, ja, ist schon recht“, murmle ich.

„Außerdem bist du schon zu alt für Einsätze.“

„Von wegen zu alt“, erwidere ich schmollend.

Langsam aber sicher wird meine Rosi persönlich. Kommt es mir nur so vor, oder beleidigt sie mich quasi unentwegt?

Vielleicht sollte ich mal ein ernstes Wörtchen mit ihr reden. Aber meistens gehen solche Unterhaltungen nicht gerade zu meinen Gunsten aus. Daher lasse ich es lieber bleiben und verfahre wie immer. Wenn mir nicht gefällt, was ich höre, ignoriere ich es einfach.

Ich bin nicht sicher, ob es für unsere Ehe so gut wäre, wenn ich meine gesamte Pensionszeit zu Hause verbringen würde. Das hätte definitiv mehr Streitpotenzial. So ist es einfacher, denn wenn es mir zu viel wird, fahre ich einfach ins Revier.

So wie ich das jetzt gleich mache. Ich esse den Rest meines Frühstücksbrots auf und leere die Kaffeetasse. Anschließend stehe ich auf und räume das Geschirr in die Spülmaschine.

„Kommst du heute zum Mittagessen nach Hause oder wieder erst zur Brotzeit?“, fragt Rosi mich.

„Das weiß ich noch nicht. Was gibt es denn heute?“

Immerhin lasse ich mich mit leckerem Essen gerne ködern und da nehme ich auch eine Heimfahrt gern in Kauf, selbst wenn ich anschließend wieder zurückfahren muss.

„Den Rest von gestern natürlich. Ich kann doch nicht den ganzen Auflauf wegschmeißen, nur weil du gestern Abend kaum was davon gegessen hast“, erwidert sie.

Und somit zerplatzen meine Träume wie ein Luftballon.

Ich habe das Zeug gestern wirklich probiert und wie ich schon vermutet hatte, war ich überaus froh, mir den Bauch beim Mittagessen so vollgeschlagen zu haben. Dieser Gemüseauflauf war beinahe ungenießbar und der Gedanke, dass ich diesen heute erneut vorgesetzt bekomme, lässt mich beinahe laut aufstöhnen.

Allerdings ist mir sehr wohl bewusst, was das für ein Streitpotenzial hätte, daher halte ich lieber meinen Mund. Das bedeutet aber nicht, dass ich mich damit geschlagen gebe. Ich werde heute Abend einfach wieder kaum Hunger haben, weil ich mir schon mittags irgendwo den Bauch vollschlage.

Diese Gemüsepampe kann essen wer mag, ich jedenfalls nicht!

Soll sie doch selbst das Grünzeug essen. Ich bin sicher, sie kann es mittlerweile auch nicht mehr sehen. Ich werde mich zukünftig einfach verweigern, wenn es so was übergesundes zu essen gibt. Irgendwann wird meine Frau schon kapieren, dass sie weder ihr noch mir einen Gefallen tut, wenn ich vorwiegend auswärts esse und sie das ganze gesunde Zeug alleine vertilgen muss.

Vermutlich schüttet sie noch heute den Rest auf den Kompost, denn alleine wird sie dieser riesigen Portion sicher nicht her.

„Vermutlich wird es knapp mit dem Mittagessen", flunkere ich und ich bin mir ziemlich sicher, dass sie das auch weiß.

„Gut, dann gibt es ihn heute Abend nochmal", erwidert sie.

Ich ringe mir ein Lächeln ab, welches vermutlich ziemlich schief ist. Sie erwidert meinen Blick standhaft, was wohl einer Kampfansage gleichkommt. Wie es aussieht sind wir beide nicht gewillt nachzugeben.

„Mir reicht abends eine Brotzeit“, erwidere ich.

„Aber du bekommst doch den ganzen Tag nichts Warmes“, wirft sie misstrauisch ein.

„Ach, irgendwas besorgen wir uns schon.“

Rosi zieht ihre Augenbrauen in die Stirn und sieht mich vorwurfsvoll an.

„Dann gibt es eben morgen nochmal den Auflauf.“

Irre ich mich, oder ist das eine Drohung?

Dann werde ich eben morgen wieder mit meinen Kollegen zu Mittag essen. Irgendwann wird meine Frau schon verstehen, dass sie mich mit ihrem Gesundheitswahn aus dem Haus treibt und mich quasi zwingt auswärts zu Essen.

„Ich wünsch dir einen schönen Tag“, sage ich versöhnlich und drücke ihr einen Kuss auf die Wange.

Wir haben es immer so gehalten, nie im Streit auseinanderzugehen. Auch wenn wir gerade nicht direkt streiten, sondern es mehr so ein Schlagabtausch ist, würde ich das Haus nicht verlassen, ohne mich von ihr zu verabschieden. Schließlich weiß man nie was kommt und vielleicht würde man es ja irgendwann bereuen, einfach so gegangen zu sein.

Sie schließt ihre Lider und drückt sanft meine Hand. Egal wie unterschiedlicher Meinung wir oftmals sind, ohneeinander könnten wir auch nicht.

Aber das ist bestimmt bei vielen Paaren so, die schon so viele Jahre zusammen sind. Ohne gegenseitigen Respekt und Anerkennung würde es niemals so lange gutgehen und bei uns geht es wirklich schon verdammt viele Jahre gut.

Okay, nicht immer nur gut. Es gibt wie überall gute und schlechte Zeiten, aber ich würde mal behaupten bei uns überwiegen die guten Zeiten. Wir haben einen wundervollen Sohn, der mit seiner geliebten Ehefrau und einer bezaubernden Tochter zusammenlebt. Unser Haus ist abbezahlt und ein paar Ersparnisse haben wir über alle die Jahre auch beiseitegelegt. Außerdem leben wir in einer Beziehung, die nicht von Hass und Verachtung geprägt ist. Also warum sollte ich mich beschweren. Da kann ich doch wohl über das bisschen Grünzeug hinwegsehen, noch dazu, da meine Frau es damit ja nur gut meint.

„Weißt du was, ich komme heute Mittag zum Essen heim und wir teilen uns deinen Gemüseauflauf“, schlage ich ihr schließlich versöhnlich vor.

„Ich muss sowieso noch zum Metzger, dann kaufe ich noch Schnitzel, die mache ich zum Gemüseauflauf dazu.“

In diesem Moment würde ich sie am liebsten hochheben und in der Luft herumwirbeln. Leider sind die Zeiten vorbei, an denen solche Aktionen spurlos an mir vorübergehen. Heutzutage würde das mein

Rücken nicht mehr mitmachen und ich hätte sofort wieder einen Hexenschuss. Daher muss ein weiterer Kuss auf die Wange reichen.

8. Kapitel

12. Juli, vormittags halb zehn in Straubing

„Gerade ist eine Mail von den Kollegen der Spurensicherung eingegangen. Sie haben in dem ganzen Schutt noch was gefunden, das vielleicht zur Klärung des Falls beitragen könnte“, liest Simone von ihrem Bildschirm ab.

„Und um was handelt es sich?“, frage ich neugierig.

„Eine Kette mit Anhänger“, antwortet Simone.

„Mit etwas Glück hat der Täter sie dort verloren“, wirft Hansi hoffnungsvoll ein.

„Gehen wir gleich mal zu den Kollegen und sehen uns das Schmuckstück an“, schlage ich vor und ernte zustimmendes Nicken von meinen beiden Kollegen.

Als wir kurz darauf ankommen, ist es eine junge Kollegin, die uns das in einer Plastiktüte verpackte Kettchen überreicht.

„Auf dem Anhänger ist auch was eingraviert.“

Nach Aussage der Kollegin versuche ich die Gravur auf dem Anhänger zu entziffern. Doch leider ist mir das unmöglich. Es ist viel zu klein geschrieben und meine Augen sind einfach nicht mehr das was sie mal waren.

„Was steht denn da drauf?“, frage ich Simone und überreiche es ihr.

Sie hat die jüngsten Augen und hat vermutlich keine Probleme die Schrift zu lesen.

„T. und B.“, antwortet sie.

„Sonst nichts?“, hake ich nach.

Sie schüttelt den Kopf.

„Das ist alles.“

„T. und B. das könnte alles bedeuten“, murmelt Hansi.

„Vermutlich handelt es sich um die Anfangsbuchstaben der Vornamen eines verliebten Paares“, sagt Simone.

Da es sich bei dem Anhänger um eine Plakette handelt, die wahrscheinlich der Täter am Tatort verloren hat, stehen da vermutlich die Anfangsbuchstaben des Tätervornamens und seiner Freundin oder Frau. Ich denke eher an eine Freundin, denn ich bin nicht sicher, ob verheiratete Paare noch solche Hundemarken tragen.

„Mit Initialen könnten wir den Täterkreis wesentlich mehr eingrenzen“, sage ich nachdenklich.

Wenn man bedenkt, wie viele Möglichkeiten es gibt, wenn man nur den Anfangsbuchstaben des Vornamens kennt. Abgesehen davon, wissen wir noch nicht einmal mit Sicherheit, ob die Kette wirklich vom Täter stammt.

„So wissen wir noch nicht einmal, ob das T oder B zum Täter gehört“, brummt Hansi.

„Genau genommen wissen wir nicht einmal, wem die Kette überhaupt gehört“, erwidere ich.

„Waren denn noch Fingerabdrücke drauf?“, fragt Simone die Kollegin.

„Nein, die sind wohl dem Brand zum Opfer gefallen“, antwortet diese.

„Ein Wunder, dass sie bei dem Feuer nicht geschmolzen ist“, werfe ich ein.

„Sie wurde am Eingang der Scheune gefunden. Bis dorthin konnte sich das Feuer kaum ausbreiten, weil die Feuerwehr glücklicherweise schnell da war.“

„Kann man denn die Kette reinigen, damit sie wieder einigermaßen aussieht wie vorher?“

Bei meiner Frage sehe ich stirnrunzelnd auf das Tütchen in Simones Händen. Die Kette ist völlig schwarz und man kann nicht einmal erkennen welche Art von Metall es ist. Es könnte sowohl Silber, als auch Gold sein.

„Wir müssen die Spuren noch alle sichern und wenn wir fertig sind, werden wir die Kette säubern und sie euch anschließend übergeben. Dann könnt ihr sie für die Suche verwenden.“

Im jetzigen Zustand würde sie wohl keiner erkennen. Aber wenn sie wieder aussieht wie vor dem Brand und wir sie bei den Besuchern des Feuerwehrfests rumzeigen, dann ist vielleicht jemand dabei, der weiß wem sie gehört.

Zuallererst müssen wir jedoch ausschließen, dass sie nicht dem Scheunenbesitzer selbst gehört.

„Wie sieht es eigentlich mit Mittagessen aus?“, fragt Hansi, als wir zurück in unserem Büro sind.

„Ich fahre heute zum Essen nach Hause“, antworte ich ihm.

„Verstehe, was gibt es denn Leckeres?“, hakt er neugierig nach.

„Gemüseauflauf von gestern“, erwidere ich wahrheitsgemäß.

Er sieht mich überrascht an.

„Du fährst nach Hause, um Gemüseauflauf zu Mittag zu essen?“, fragt er ungläubig.

„In erster Linie fahre ich nach Hause, um meiner Frau eine Freude zu bereiten“, erwidere ich. „Außerdem hat sie gesagt, dass sie noch ein Schnitzel dazu in die Pfanne schmeißt.“

„Siehst du Hansi, so funktionieren Beziehungen“, sagt Simone amüsiert. „Es geht darum Kompromisse einzugehen.“

„Sehr witzig. Ich bin sicher genug Kompromisse in meiner Ehe eingegangen und es hat trotzdem nicht funktioniert“, murmelt er sichtlich betrübt.

Seine gescheiterte Ehe hat er noch immer nicht verarbeitet und ich bezweifle, dass ihm das irgendwann wirklich gelingen wird.

„Hansi, das Problem an deiner Ehe war, dass nur du bereit warst Kompromisse einzugehen“, sage ich tröstend.

Man sagt ja immer, dass immer beide Partner Schuld daran tragen, wenn eine Beziehung auseinandergeht. Doch bei Hansi und seiner Frau bin ich da nicht so sicher. Er ist gewiss kein einfacher Mensch und hat auch seine Macken, doch für den Bruch seiner Ehe kann ich bei ihm nur wenig Schuld erkennen. Seine Frau ist einfach eine fordernde und dominante Person, die immer wieder ihren Kopf durchgesetzt hat.

Ich hätte die Frau schon viel früher zum Teufel gejagt.

„Und was machen dann wir beide?“, fragt Simone Hansi.

Er zuckt die Schultern.

„Mir ist es wurscht. Hauptsache es gibt was zwischen die Zähne.“

„Dann holen wir uns einen Döner“, schlägt Simone vor.

Damit tut sie mir einen Gefallen, denn auf dieses Zeug stehe ich nicht wirklich. Da fällt es mir nicht mehr so schwer, mich mit dem Gemüseauflauf zu arrangieren. Vor allem, wenn Rosi ihr Versprechen wahrmacht und noch Schnitzel dazu macht.

Hansi verzieht angewidert das Gesicht, sagt aber nichts. Ich weiß, dass er auch kein begeisterter Döneresser ist, aber vermutlich findet er es besser als gar nichts zwischen die Zähne zu bekommen.

„Wir brauchen noch eine Liste der Gäste vom Feuerwehrfest. Die kannst du doch machen. Immerhin weißt du, wer alles da war oder?“, fragt Hansi.

„Ich schreibe alle zusammen, die mir einfallen“, stimme ich ihm zu.

„Und dann müssen wir die alle abklappern und ihnen die Kette unter die Nase halten“, stöhnt Simone.

„Da habe ich eine bessere Idee“, werfe ich ein.

„Ich bin ganz Ohr“, erwidert sie neugierig.

„Ich trommle sie alle zusammen. Dann können wir sie auf einmal befragen“, schlage ich vor.

„Das hört sich wirklich gut an“, stimmt Hansi sofort zu.

Sofort beginne ich mit der Arbeit und greife zu Papier und Kugelschreiber, um die Namen der Gäste zusammenzubringen. Anfangs läuft es wie von selbst, denn ich beginne mit meinen Vereinskameraden. Anschließend fahre ich mit dem Patenverein fort. Auch das läuft wirklich gut und ich kann mich recht gut an die Gäste erinnern. Allerdings wird es bei den anderen Vereinen schwieriger, denn da kenne ich nicht alle.

„Weißt du die alle noch auswendig?“, fragt Hansi überrascht.

„Alle nicht mehr. Aber ich kenne von jedem Verein zumindest einige. Die rufe ich an. Sie wissen bestimmt, wer mit ihnen alles dabei war“, antworte ich.

„Können wir dir irgendwie helfen?“, bietet Simone an.

„Ich fürchte nein. Die muss ich schon selber anrufen. Ein Polizeianruf würde sie nur verschrecken.“

„Dann hast du einiges zu tun“, sagt Hansi und erhebt sich. „Ich hole mir mal eine Tasse Kaffee. Möchte noch wer?“

Während ich zum Telefonhörer greife, um meinen ersten Anruf zu machen, hebe ich die andere Hand.

„Ich nehme auch einen“, stimmt Simone zu.

9. Kapitel

12. Juli, nachmittags halb zwei in Straubing

„Meine Liste ist fertig“, sage ich seufzend und lehne mich zurück.

„So schnell?“, fragt Simone überrascht.

„Ich habe zu Hause auch noch ein paar aufgeschrieben“, antworte ich ihr.

„Wir müssen noch warten, bis wir die Kette haben, dann kannst du einen Rundruf starten, um das Treffen zu vereinbaren“, erwidert Hansi.

„Wo machen wir denn das Treffen?“, fragt Simone. „Sollen wir sie alle hierher einladen?“

„Nein, wir nehmen das Feuerwehrhaus in Niederhaibach. Da fühlen sich alle wohler und mehr Platz haben wir dort auch“, schlage ich vor.

„Trifft sich gut, dass wir dich noch im Boot haben“, entgegnet Simone schmunzelnd.

Ich richte mich auf und recke das Kinn. Solche Komplimente gehen runter wie Öl.

„Wie war eigentlich dein Gemüseauflauf?“, fragt Hansi amüsiert.

„War einigermaßen genießbar, aber das Schnitzel dazu war köstlich“, antworte ich ihm.

In diesem Moment öffnet sich die Tür und die Kollegin der Spusi kommt herein.

„Hier bitte!“, sagt sie gutgelaunt. „So gut wie neu.“

Sie überreicht uns die Halskette, natürlich verpackt in einem Plastiktütchen. Nun sieht man auch, dass es sich um eine Silberkette handelt. Ich glaube, dass ich diese noch nie gesehen habe. Zumindest kann ich mich nicht daran erinnern.

„Sehr gut, dann kann der Karl die ganze Bagage zusammentrommeln“, entgegnet Hansi.

„Ich mache mich gleich mal an die Arbeit“, erwidere ich. „Machen wir es gleich noch heute Abend?“

„Wenn alle Zeit haben“, nickt Simone.

„Dann müssen sie sich die Zeit halt nehmen“, sagt Hansi entschlossen. „Schließlich ermitteln wir in einer Brandstiftung mit Todesfolge, ja vielleicht sogar Mord.“

„Ich beordere sie heute um siebzehn Uhr ins Feuerwehrhaus und gebe unserem Vorstand Bescheid, dass er uns aufsperrt.“

„Sollen wir ein paar Anrufe für dich übernehmen?“, fragt Simone.

„Selbst zu dritt wird es eng, bis wir die alle durchtelefoniert haben“, murmle ich nachdenklich.

„Vielleicht sollten wir sie doch erst morgen Abend einbestellen“, schlägt Simone vor.

„Wisst ihr was wir machen?“, frage ich die beiden. „Ich rufe nur die Vorstände an, und gebe ihnen die Namen durch, von allen, die dort um fünf auftauchen sollen. Dann können die ihre Leute anrufen.“

„Du denkst, das funktioniert?“, hakt Simone misstrauisch nach.

„Ich denke schon, die wollen schließlich auch alle wissen, wer der Brandstifter war“, antworte ich ihr.

Ich beginne mit unserem Vorstand, denn der muss nicht nur unsere Kameraden zusammentrommeln, sondern auch noch die Örtlichkeiten zur Verfügung stellen. Es bedarf nur einer kurzen Erklärung, bevor er zustimmt.

„Dann gibst du allen Bescheid und wir treffen uns um fünf beim Feuerwehrhaus“, fasse ich zusammen.

„Ich setze mich gleich ans Telefon“, stimmt unser Feuerwehrvorstand zu.

„Danke dir!“

„Ist doch klar. Hauptsache ihr findet heraus, wer den Brand gelegt hat.“

Ich lege den Hörer auf.

„Somit kann ich den Großteil meiner Liste schon mal streichen“, sage ich zufrieden. „Man muss eben nur die Arbeiten delegieren.“

Simone verzieht grinsend die Lippen und Hansi sieht mich anerkennend an.

„Eins muss man dir lassen. Du hast echt ein Händchen dafür, dich vor der Arbeit zu drücken“, sagt er.

„Aber ich drücke mich doch nicht vor der Arbeit“, erwidere ich schmunzelnd, bevor ich die Nummer des nächsten Vorstandes wähle.

Nun habe ich den Kollegen der Patenfeuerwehr am Telefon und trage ihm ebenfalls mein Anliegen vor. Auch er stimmt sofort zu und verspricht alle zu informieren, die beim Fest am Samstag dabei waren.

Es dauert über eine Stunde, und dabei habe ich mir wirklich den Mund fusselig geredet, doch jetzt bin ich mit meinen Telefonaten durch.

„Wenn alles nach Plan läuft, dann sind alle heute Abend um fünf am Feuerwehrhaus in Niederhaibach“, informiere ich meine beiden Kollegen.

„Na dann hoffen wir mal, dass jemand den Anhänger wiedererkennt“, seufzt Simone.

Da es sonst überhaupt keine Spuren auf den Täter gibt, da das Feuer alles vernichtet hat, ist das unsere einzige Chance. Hansi wirft einen Blick auf die Uhr.

„Also wir haben ja noch etwas Zeit. Ich hätte jetzt große Lust auf Kuchen.“

„Bei Kuchen bin ich immer dabei“, stimme ich ihm sofort zu.

„Also mir wäre bei dieser Hitze eine Kugel Eis lieber“, schlägt Simone vor.

„Ja, das hört sich auch ganz gut an“, stimme ich ihr zu.

„Wisst ihr was, bei uns im Dorf betreibt eine Freundin meiner Rosi ein Café und da gibt´s wirklich tolle Eisbecher.“

Meine Kollegen sind sofort Feuer und Flamme und nicken freudig. Bei diesem Wetter ist so ein Eisbecher wirklich eine verdammt gute Idee. Der Nachteil an meinem tollen Einfall ist allerdings, dass die Inhaberin eine Freundin meiner Rosi ist. Sie wird ihr natürlich davon erzählen, dass ich mit meinen Kollegen bei ihr war und dabei einen riesigen Eisbecher verdrückt habe.

Aber da zwischen Rosi und mir derzeit harmonische Zeiten herrschen, sollte ich mir darüber nicht zu viele Gedanken machen. Dafür habe ich schließlich heute Mittag einen Gemüseauflauf gegessen. Da habe ich mir doch quasi einen Eisbecher geradezu verdient.

Da ich nach dem Treffen im Feuerwehrhaus nicht mehr zurück ins Revier fahre, sondern mich gleich auf den Heimweg mache, fahren Simone und Hansi extra. Sie folgen mir bis zu dem Café und wir stellen die Autos auf dem Parkplatz ab.

„Von hier aus ist es ja gar nicht mehr weit zum Feuerwehrhaus oder?“, fragt Simone, als sie aus dem Wagen steigt.

„Na ja nicht mehr weit, ist etwas untertrieben. Es ist noch fast ein Kilometer“, erwidere ich.

„Ach, das bietet sich ja dann nach dem Eisbecher direkt für einen Verdauungsspaziergang an“, sagt sie und macht dabei eine überraschend ernste Miene.

Sie sieht nicht so aus, als würde sie nur scherzen. Wie es scheint, denkt sie wirklich es wäre eine gute Idee zum Feuerwehrhaus zu laufen und nach der Befragung auch wieder zurück.

„Dann müssen wir uns aber den Eisbecher wirklich verdienen“, knurrt Hansi.

„Aber wir essen ja das Eis vorher, also ist es ja eher so, dass wir es anschließend durch den Spaziergang wieder abtrainieren“, verbessert ihn Simone.

„Jetzt gehen wir auf jeden Fall als erstes Mal Eis essen“, werfe ich ein. „Dann können wir noch immer entscheiden, ob wir zu Fuß gehen oder das Auto nehmen.“

Wir ergattern einen Platz im Garten des Cafés, welcher schön angelegt mit schattenspendenden Bäumen hinter dem Gebäude ist.

„Servus Karl, das ist ja schön, dass du mal bei mir vorbeischaust“, begrüßt die Inhaberin mich.

„Ich wollte meinen Kollegen zeigen, was für tolle Eisbecher es bei dir gibt“, erwidere ich ihr.

„Da werde ich mich ins Zeug legen müssen. Habt ihr denn schon gewählt?“, fragt sie uns.

10. Kapitel

12. Juli, nachmittags halb fünf in Niederhaibach

„Der Eisbecher war wirklich köstlich“, sagt Hansi zufrieden.

„Da habe ich euch wohl nicht zu viel versprochen“, entgegne ich mit stolz geschwellter Brust.

Simone wirft einen Blick auf die Uhr.

„Jetzt haben wir noch genug Zeit, um gemütlich zum Feuerwehrhaus zu schlendern“, schlägt sie vor.

„Du willst also wirklich den ganzen Weg zu Fuß zurücklegen?“, frage ich sie und versuche gar nicht erst meine fehlende Begeisterung zu verbergen.

„Natürlich, das ist doch nicht weit und tut uns sicherlich gut“, erwidert sie.

Hansi und ich sehen sie an, ohne dabei ihrer Aufforderung nachzukommen.

„Jetzt kommt schon. Man muss zu den Kalorien einen Ausgleich schaffen, sonst legt sich alles an Bauch und Hüften.“

„Na wenn sie uns schon so nett darum bittet“, sage ich zu Hansi und zucke dabei die Schultern.

Es ist ja nicht nur so, dass der Spaziergang für meinen Kalorienverbrauch gut wäre. Ich habe auch noch eine gute Erklärung für Rosi, wenn sie erfährt, dass ich mir einen Eisbecher gegönnt habe.

„Von mir aus“, seufzt Hansi.

Glücklicherweise geht es wenigstens eben dahin. Zumindest muss ich nicht bergauf laufen, denn da wäre ich definitiv raus. Erst recht bei dieser verfluchten Hitze. Worauf habe ich mich da nur eingelassen?

Schon nach wenigen Metern steht mir der Schweiß auf der Stirn. Wenn das so weitergeht, komme ich schweißgebadet dort an.

„Es ist brütend heiß“, stöhnt Hansi.

„So schlimm ist es jetzt auch wieder nicht“, erwidert Simone. „Außerdem sind wir ja gleich da.“

„Jetzt kommt auch gleich Schatten bis zum Feuerwehrhaus“, sage ich ihnen.

Ich kenne den Weg schließlich, denn ich bin ihn schon sehr oft gegangen. Zuletzt in der Nacht von Samstag auf Sonntag, auch wenn ich da etwa in der Mitte der Strecke eine andere Abzweigung nehmen musste, weil unser Haus in der anderen Richtung liegt.

Es war auch definitiv nicht so heiß Samstagnacht!

Als wir schließlich ankommen, ist schon jede Menge los. Es sollte mich nicht überraschen, dass auch schon einige Kisten Getränke bereitstehen und der ein oder andere eine Flasche in der Hand hält. Natürlich ist auch Bier dabei und als unser Vorstand auch uns etwas zu trinken anbietet, nehmen wir das Angebot gerne an.

Ich greife nach einer Flasche Radler, weil das der beste Durstlöscher ist. Simone begnügt sich mit Wasser und Hansi macht es mir gleich. Auch er nimmt einen großen Schluck aus seiner Radlerflasche. Der hitzige Weg hat uns ganz schön durstig gemacht.

„Könnt ihr dann bitte mal alle zusammenkommen?“, rufe ich in die Menge, die in Grüppchen über das ganze Feuerwehrhaus verteilt steht.

Überraschenderweise habe ich sofort ihre volle Aufmerksamkeit, was wohl auch daran liegt, dass es hier um den Tod eines Kameraden geht. Denn auch der Hubert war Mitglied unserer Feuerwehr und das schon seit Jahrzehnten. Ehrenmitglied sozusagen und ich bin mir sicher, dass alle hier Anwesenden an der Klärung des Falls mithelfen wollen. Alle, bis auf den Täter selbst. Der wird wohl hoffen, dass niemals herauskommt, was er getan hat.

„Meine Kollegin liest jetzt eure Namen vor und immer derjenige, der gerade genannt wird, meldet sich bitte, damit wir abklären können, ob auch alle da sind!“, fordere ich.

Simone fängt an die Liste vorzulesen und es funktioniert überraschend gut. Brav hebt jeder die Hand, wenn er seinen Namen hört und gibt auch eine akustische Zustimmung. Als dieser Teil beendet ist und tatsächlich alle erschienen sind, die wir herbeordert haben, holt Simone das Tütchen mit der Kette aus ihrer Tasche.

Sie hält es gut sichtbar in die Höhe und alle haben die Aufmerksamkeit auf sie gerichtet.

„Hier drin befindet sich eine Halskette mit einem Anhänger, auf dem Buchstaben eingraviert sind. Bitte sehen Sie sich diesen genau an und falls irgendjemand ihn schon mal gesehen hat oder weiß wem er gehört, der soll uns bitte umgehend Bescheid geben.“

Brav stellen sich alle der Reihe nach an und kommen grüppchenweise zu uns.

„Noch nie gesehen.“

„Nein, die kenne ich nicht.“

„Leider nicht.“

Das sind nur einige Antworten, die neben Kopfschütteln und Schulterzucken, fallen. Die Schlange wird immer kürzer und langsam wird es wirklich eng. Wenn hier niemand dabei ist, der uns einen Hinweis auf den möglichen Täter geben kann, war diese ganze Aktion völlig umsonst.

„Das sieht nicht gut aus“, flüstert Hansi neben mir und nimmt einen weiteren Schluck aus seiner Flasche.

„Noch nicht die Flinte ins Korn werfen!“, fordere ich ihn auf. „Es besteht noch Hoffnung.“

„Na dann hoffen wir mal“, erwidert er nicht gerade überzeugt von meiner Aufmunterung.

Doch nach und nach schwindet auch meine Hoffnung. Es sind nur noch eine Handvoll Männer, die noch keinen Blick auf die Kette geworfen haben und alle sind sie aus Niederhaibach. Ich befürchte, sie kennen den Täter auch nicht, denn sonst würde ich ihn vermutlich auch kennen. Ich bin mir ziemlich sicher, dass der Verbrecher nicht in unseren eigenen Reihen zu finden ist. Daran glaube ich noch immer ganz fest!

Simone schüttelt den Kopf, als auch der Letzte die Kette gesehen hat. Hansi und ich sehen uns ratlos an.

„Vermutlich achtet auch keiner so wirklich auf eine Kette, die ein Kamerad trägt“, murmle ich.

„Das kann gut sein“, stimmt er mir zu. „Mir würde es wohl auch nicht auffallen, wenn du eine Kette tragen würdest.“

Er runzelt die Stirn und mustert meinen Hals.

„Doch, vermutlich würde es mir gleich auffallen“, verbessert er sich.

„Kein Wunder, ich habe auch noch nie eine Kette getragen.“

Das würde ich auch nicht tun. Ich verstehe sowieso nicht, wieso Männer Ketten tragen. Das sollen sie doch den Frauen überlassen. Noch dazu so eine Hundemarke. Ich würde mir vorkommen, als hätte mich eine Frau als ihr Eigentum markiert.

„Du solltest auch nicht mehr damit anfangen“, erwidert er schmunzelnd.

„Okay, das war wohl ein Griff ins Klo“, sagt Simone, als sie zu uns kommt.

„Was machen wir jetzt?“, fragt Hansi ratlos.

„Als erstes wieder einen Kilometer zurückhatschen, weil wir das Auto ewig weit weg stehen haben“, antworte ich mit einem vorwurfsvollen Blick zu Simone.

„Tut mir leid, dass es euch nicht geholfen hat“, sagt Xaver, als er zu uns kommt.

Auch meine Freunde sind alle hier und haben sich das Beweisstück angesehen. Aber wie schon erwartet, konnten auch sie nicht helfen.

„Hilft ja nix“, entgegne ich schulterzuckend.

Simone dankt noch allen Anwesenden, für ihre Mithilfe, bevor sie sich zu uns umdreht.

„Sollen wir?“, fragt sie in Aufbruchstimmung.

Ich sehe zu meinem Freund dem Leitner Xaver.

„Du bist doch bestimmt mit dem Auto da oder?“, frage ich ihn.

„Freile“, antwortet er.

Ich wusste es doch. Immerhin ist der Xaver auch nicht unbedingt sehr sportlich veranlagt und nimmt für jede noch so kurze Strecke das Auto.

„Kannst du mich bis zum Café mitnehmen?“, frage ich ihn.

„Bist denn du hergegangen?“, entgegnet er überrascht.

Ich werfe einen Seitenblick zu Simone.

„Meine Kollegin dachte, das wäre eine gute Idee.“

„Ein Verdauungsspaziergang nach einem Eisbecher schadet bestimmt nicht“, verteidigt sie sich.

Xaver lacht laut auf.

„Deine Kollegin macht der Rosi Konkurrenz was?“, fragt er belustigt.

„Sehr witzig“, knurre ich.

„Wollt ihr auch mitfahren?“, fragt Xaver meine beiden Kollegen.

Während Hansi freudig nickt, schüttelt Simone mit dem Kopf. Wie auch immer die beiden sich entscheiden, ich werde die Mitfahrgelegenheit jedenfalls nutzen.

11. Kapitel

13. Juli, vormittags halb zehn in Straubing

Ratlos sitzen wir im Büro und starren Löcher in die Luft. Nach dem Reinfall gestern Abend, ist uns nichts mehr eingefallen, dass wirklich hilfreich sein könnte. Ich runzle die Stirn, als mir dann doch noch eine Idee kommt.

„Die Mädels“, murmle ich nachdenklich.

„Welche Mädels?“, hakt Simone nach.

„Da waren zwei junge Frauen aus dem Dorf, die haben Schnäpse verkauft. Vielleicht kennen sie ja die Kette.“

„Frauen sind auf jeden Fall aufmerksamer, was sowas anbelangt“, stimmt Simone sofort zu. „Du solltest sie gleich mal anrufen!“

„Dazu muss ich erst noch herausfinden, wer die beiden waren“, entgegne ich.

„Du kennst sie nicht, obwohl sie aus deinem Dorf sind?“, fragt Hansi.

„Die jungen Leute wachsen so schnell heran, da komme ich nicht mehr mit. Erst sind es kleine Kinder und plötzlich fahren sie Auto“, erkläre ich mein Unwissen.

„Und wie willst du sie dann herbestellen?“, hakt Hansi nach.

„Es ist kein Problem das herauszufinden. Ich frage einfach bei meinen Kameraden nach, einer von ihnen kennt die beiden schon.“

Erneut tätige ich ein paar Telefonate und es dauert nicht lange, bis ich nicht nur den Namen der beiden jungen Frauen habe, sondern auch weiß, dass es sich bei ihnen um Schwestern handelt.

„Wir können gleich noch bei ihnen vorbeifahren, sie sind gerade zu Hause“, sage ich zu Simone und Hansi.

„Na dann, machen wir uns gleich mal auf den Weg“, schlägt Simone vor.

Wir brechen sofort auf und fahren zu der Adresse der Schwestern. Als sie die Tür öffnen, erkenne ich sie auch gleich wieder.

„Wir haben schon auf Sie gewartet“, sagt eine der beiden. „Kommen Sie doch bitte rein!“

„Wir brauchen wirklich nur einen Moment“, versichere ich ihr und es ist mir etwas peinlich, dass die beiden mich am Samstag in meinem Rausch gesehen haben.

„Kennt eine von Ihnen diese Kette?“, fragt Simone und legt das Päckchen samt Inhalt auf den Tisch.

Beide nehmen die Kette genau unter die Lupe und während eine mit dem Kopf schüttelt, zieht die andere ihre Augenbrauen zusammen, als würde sie angestrengt nachdenken.

„Also ich kenne sie nicht.“

„Ich glaube, dass ich sie schon einmal gesehen habe“, murmelt die eine Frau.

„An wem haben Sie sie denn gesehen?“, hake ich neugierig nach.

„Ich kann mich natürlich auch irren. Diese Plakettenanhänger gibt es ja öfter“, schränkt sie ein.

„Aber vermutlich nicht mit dieser Gravur“, sagt Simone.

„Da bin ich mir eben nicht sicher, ob es genau diese war.“

„Das werden wir überprüfen. Sagen Sie uns einfach den Namen!“, fordert Hansi sie auf.

„Ich möchte aber auch keinen fälschlicherweise beschuldigen“, zögert sie weiter.

Man merkt ihr deutlich an, dass sie mit sich selbst hadert. Hansi rollt mit den Augen, er verliert schon die Geduld, während Simone sich vorbeugt und sie eindringlich ansieht.

„Da brauchen Sie sich gar keine Sorgen machen. Wir werden dem nachgehen, und wenn derjenige nichts mit dem Brand zu tun hat, dann braucht er auch gar nichts befürchten.“

„Bin ich dann nicht wegen Falschaussage dran?“, fragt sie besorgt.

„Natürlich nicht“, antwortet Simone. „Sie haben ja erwähnt, dass Sie sich nicht ganz sicher sind.“

Simones beruhigende Worte scheinen zu wirken, denn die junge Frau nickt schließlich zaghaft.

„Okay, ich glaube es war Thomas, der die Kette getragen hat“, gesteht sie schließlich.

„Du meinst Barbaras Thomas?“, fragt ihre Schwester aufgebracht.

„Ich bin mir wirklich nicht sicher, aber auf dem Fest hat er sich mal vorgebeugt, als er nach einem Schnaps aus unserem Korb gegriffen hat und da ist eine Kette mit Anhänger aus seinem aufgeknöpften Hemd kurz aufgeblitzt. Allerdings hat er sie gleich wieder hinter seinem Hemd versteckt. Fast so, als wäre ihm der Anhänger peinlich gewesen. Es machte den Eindruck, als wolle er nicht, dass jemand seine Kette zu sehen bekommt“, erzählt sie. „Daher kann ich Ihnen auch nicht sagen, ob es genau dieser Anhänger war.“

„Könnten Sie uns bitte den vollständigen Namen von Thomas verraten?“, hakt Simone nach.

„Thomas Ulbrich“, nickt sie.

„Der Ulbrich junior?“, frage ich überrascht.

Erneut nickt sie.

„Kennst du ihn?“, hakt Hansi nach.

„Ich kenne seinen Vater von der Feuerwehr“, erwidere ich. „Soweit ich weiß ist auch sein Sohn dabei.“

„Ja, der Thomas ist schon seit der Jugendfeuerwehr aktives Mitglied“, stimmt eine der Frauen mir zu.

„Und wer ist seine Freundin?“, frage ich neugierig nach.

„Die Strohmeier Barbara“, antwortet mir die andere Schwester. „Die beiden sind aber erst seit ein paar Wochen ein Paar.“

Auch ihre Eltern sind mir bekannt. Allerdings habe ich jetzt kein Gesicht zu dem Madl. Als ich die das letzte Mal gesehen habe, ging sie mir gerade mal bis zur Hüfte. Zumindest war mir anschließend nicht mehr bewusst, wer sie war. Sobald die jungen Leute ohne ihre Eltern unterwegs sind, kann ich sie nicht mehr zuordnen und verliere den Bezug zu ihrer Herkunft. Nicht umsonst hat man früher die Kinder nicht gefragt, wie sie heißen, sondern wem sie gehören. Somit wusste man sofort, welchem Elternhaus sie zuzuordnen waren.

Bevor wir uns verabschieden, bedanken wir uns noch bei den beiden Schwestern für ihre Auskunft. Anschließend sitzen wir in Hansis Auto und bevor er den Motor startet, sehen die beiden mich an.

„Du weißt doch sicher, wo dieser Thomas wohnt?“, fragt Hansi.

„Natürlich“, stimme ich zu.

„Glaubst du denn, er könnte es gewesen sein?“, hakt Simone nach.

„Ich habe keine Ahnung, ich kenne den Burschen ja nicht. Aber für seinen Vater würde ich die Hand ins Feuer legen.“

„Das heißt ja nicht, dass der Sohn keine Dummheiten machen würde“, erwidert Hansi.

„Wir fahren da gleich mal hin und fragen ihn nach der Halskette. Wenn sein Vater etwas weiß, dann wird er es mir sicherlich sagen. Immerhin weiß er, dass Lügen in diesem Fall alles nur noch schlimmer machen würden“, murmle ich nachdenklich.

„Du meinst, weil er nichts von dem schlafenden Betrunkenen wusste, als er womöglich das Feuer legte?“, fragt Hansi.

„Selbst wenn der Bursche das Feuer gelegt hat, dann wollte er damit sicherlich keinem schaden“, vermute ich.

„Auch wenn er von dem Mann nichts wusste, auch mit dem Legen des Feuers ohne Opfer hätte er jemanden geschadet“, wirft Simone vorwurfsvoll ein.

„Ja schon, aber das hat er wohl nicht als so schlimm angesehen, weil es ja die Versicherung bezahlt hätte.“

„Das entschuldigt aber keinesfalls eine solche Tat“, brummt Simone.

Sie sieht mich an, als würde ich den Kerl in Schutz nehmen. Dabei wollte ich doch lediglich die möglichen Beweggründe des jungen Mannes aufzeigen. Natürlich ist diese Tat ein Verbrechen und wenn er es war, dann muss er auch dafür geradestehen.

Hansi startet den Wagen und fährt los, wobei ich ihn zum Haus der Ulbrichs lotse.

12. Kapitel

13. Juli, mittags halb zwölf in Niederhaibach

Als wir dort klingeln, öffnet uns Frau Ulbrich die Tür.

„Ja Karl, servus“, sagt sie und sieht überrascht zu Hansi und Simone.

„Servus, wir sind dienstlich hier und hätten ein paar Fragen an deinen Sohn Thomas. Ist er da?“

„Der Thomas?“, entgegnet sie irritiert. „Der müsste in seinem Zimmer sein.“

Wie es scheint wohnt der Junge mit seinen guten zwanzig Jahren noch zu Hause in seinem Jugendzimmer. Aber so ist die Jugend von heute. Sie fühlen sich im Hotel Mama einfach pudelwohl.

„Könnten wir ihn bitte mal sprechen?“, hake ich nach.

„Natürlich“, erwidert sie sichtlich irritiert. „Kommt rein und setzt euch in die Küche. Ich hole ihn.“

In der Küche treffen wir auf Thomas Vater, der am Esstisch sitzt und die Tageszeitung liest.

„Servus“, sagt er überrascht, als er aufsieht.

Ich nicke ihm zu.

„Darf ich dir meine Kollegen Hansi und Simone vorstellen?“

„Was beschert uns die Ehre eures Besuchs?“, fragt er stirnrunzelnd.

„Wir müssen mit deinem Sohn Thomas reden“, erkläre ich ihm.

„Hat er denn was angestellt?“

„Dazu können wir noch nichts sagen. Vorerst haben wir einfach nur ein paar Fragen“, antworte ich ihm.

„Es geht aber doch nicht um den Brand oder?“

Thomas Vater ist sichtlich besorgt. Bevor wir seine Frage beantworten können, kommt sein Sohn in die Küche. Für meine Begriffe sieht er ziemlich nervös drein. Natürlich kann das auch ganz unabhängig davon sein, ob er wirklich unser Täter ist. Es gibt genug Menschen, für die ein Polizeibesuch alleine schon ziemlich aufregend ist.

„Sie wollen mich sprechen?“, sagt er zögerlich.

„Herr Ulbrich, wir haben unter den Brandüberresten in der Scheune eine Kette gefunden und laut Zeugenaussage gehört diese Ihnen“, erwidert Simone und holt erneut das Päckchen aus der Tasche.

Ich sehe seinen Adamsapfel hüpfen, als er schwer schluckt. Wenn das nicht verdächtig ist, dann weiß ich auch nicht. Wenn mich nicht alles täuscht, dann sind wir auf der richtigen Spur. Der junge Mann hat etwas zu verbergen und ganz sicher mit dem Feuer etwas zu tun. Stellt sich nur die Frage wie schnell er bereit ist zu gestehen und mit uns zu kommunizieren.

Er wirft einen Blick auf die Kette und runzelt dabei die Stirn.

„Sieht tatsächlich aus wie meine“, murmelt er überrascht.

„Thomas, du hast doch mit dem Feuer nichts zu tun oder?“, fragt sein Vater mit tiefer, drohender Stimme.

Auch seine Mutter, die nach ihm die Küche betreten hat, sieht ihn verschreckt an. Ob sie ihm zutrauen, dass er so eine Tat begeht. Oder gerade völlig schockiert sind, weil der Verdacht besteht, dass er zu so einem schrecklichen Verbrechen fähig wäre.

„Natürlich nicht“, erwidert Thomas jedoch gekränkt. „Was denkt ihr eigentlich von mir?“

„Aber wenn das doch deine Kette ist und sie am Tatort gefunden wurde …“, murmelt seine Mutter aufgebracht.

„Ich sagte, sie sieht aus wie meine Kette. Aber sie ist es nicht“, behauptet er. „Ich habe meine nämlich noch.“

Er greift an seinen Hals und zieht an der Silberkette, bis ein Anhänger unter dem T-Shirt-Bund erscheint.

Ich traue meinen Augen kaum und wie es aussieht, bin ich nicht der Einzige. Denn auch Simone und Hansi sehen sich das gute Stück ganz genau an.

„Die sehen ja wirklich identisch aus“, murmelt Simone.

Meine Augen sind natürlich zu schlecht, um es genau beurteilen zu können. Allerdings scheint es für meine Sicht der Dinge wirklich so zu sein, dass der Anhänger genauso aussieht, wie der, den wir unter dem Schutt gefunden haben.

„Ich weiß nicht, von wem der stammt, aber meiner ist es jedenfalls nicht“, versichert er uns.

„Sie waren doch am Samstag auch auf dem Fest oder?“, fragt Hansi.

„Ich war nur zum Mittagessen dort. Den Nachmittag und Abend habe ich mit meiner Freundin verbracht“, antwortet er.

Darum hat er auch nicht auf meiner Liste gestanden. Ich habe nur all jene aufgeschrieben und von den Kameraden abgefragt, die am Abend auf dem Fest waren.

„Und die Nacht haben Sie ebenfalls mit Ihrer Freundin verbracht?“, hakt Simone nach.

„Nein, ich bin gegen Mitternacht nach Hause gekommen und dann bin ich ins Bett gegangen“, erklärt er.

Er wendet sich an seine Eltern.

„Ihr habt mich doch sicher gehört oder?“, fragt er sie.

„Also ich habe nichts gehört“, brummt sein Vater.

„Ja, weil du nie was hörst, du schläfst ja auch wie ein Toter“, fährt seine Frau ihn vorwurfsvoll an.

„Hast Du ihn denn gehört?“, hake ich bei seiner Mutter nach.

„Natürlich habe ich ihn gehört. Schließlich schlafe ich nicht wie ein Stein“, sagt sie schließlich nach kurzem Zögern.

Ist es verwerflich, wenn ich sage, dass ich ihr nicht glaube? Vorerst behalte ich allerdings den Verdacht für mich.

„Und Sie sind sicher, dass Ihr Sohn das Haus in der Nacht nicht mehr verlassen hat?“, fragt Simone die Mutter.

„Natürlich, hätte ich ihn auch da gehört“, versichert sie.

Wenn ich sie richtig einschätze, würde sie Stein und Bein schwören, selbst wenn sie sich nicht sicher wäre. Die Beziehung zwischen Müttern und ihren Kindern ist relativ einfach gestrickt. Die Mütter würden einfach alles tun, um ihre Kinder zu schützen. Vermutlich sogar ein falsches Alibi geben.

„Karl, unterstellt ihr meinem Sohn etwa, dass er den Brand gelegt hat?“, fragt sein Vater mich vorwurfsvoll.

„Wir unterstellen hier gar nichts. Wir müssen nur allen Hinweisen nachgehen“, erkläre ich ihm.

„Na das habt ihr ja jetzt getan. Thomas hat mit der Sache nichts zu tun!“

Sein Tonfall klingt streng und entschlossen. Offensichtlich ist er ebenfalls davon überzeugt, dass sein Sohn unschuldig ist. Seine Zweifel scheinen sich verflüchtigt zu haben.

Wir verabschieden uns schließlich von der Familie und bitten Thomas sich für weitere Fragen zur Verfügung zu halten. Auch wenn er nicht gerade erfreut über diese Bitte ist, nickt er schließlich zustimmend.

„Glaubst du, die Familie lügt?“, fragt Hansi als wir zurück auf dem Weg zum Auto sind.

„Ich weiß es nicht. Aber komisch kommt mir die ganze Sache schon vor“, gebe ich zu.

„Vermutlich sind wir einfach nur hinter dem Falschen her“, sagt Simone.

Hansi und ich sehen sie stirnrunzelnd an.

„Thomas hat ja seinen Anhänger, also muss dieser hier jemand anderes gehören.“

Sie zeigt auf das Päckchen mit der Kette in ihrer Hand. Ich bin nicht ganz sicher, ob ich ihre Meinung teile. Auch wenn es auf der Hand liegt, ist es ja sehr komisch, dass die Kette von Thomas mit der am Tatort identisch ist.

Aber dem Ganzen werden wir auf den Grund gehen.

13. Kapitel

13. Juli, abends halb vier in Niederhaibach

„Was schaust denn du so zwider?“, fragt Rosi mich, als ich nach Hause komme.

„Es war ein harter Tag“, entgegne ich seufzend.

„Wieso, was war denn?“, hakt sie neugierig nach. „Habt ihr den Täter schon, der das Feuer gelegt hat?“

Ich zucke die Schultern.

„Eigentlich dachten wir schon. Aber es hat sich herausgestellt, dass er es vielleicht doch nicht war.“

Sie zieht ihre Augenbrauen nachdenklich zusammen und sieht mich fragend an.

„Das verstehe ich nicht“, gibt sie zu.

„Ich habe dir doch von der Kette mit dem Anhänger erzählt, die unsere Kollegen am Tatort gefunden haben.“

„Ja, habt ihr den Besitzer schon gefunden?“, fragt sie nach.

„Das dachten wir zuerst, aber dann stellte sich heraus, dass derjenige seine Kette noch hat“, erzähle ich ihr.

„Die gleiche Kette?“

„Haargenau die gleiche“, nicke ich ihr zu.

Ich unterlasse es, ihr zu erzählen, dass ich dies nur von den Erzählungen meiner Kollegen mit Sicherheit weiß, denn ich konnte das ohne Brille nicht genau erkennen. Und die habe ich mal wieder zu Hause liegengelassen.

„Das ist ja seltsam“, murmelt sie stirnrunzelnd.

Erst jetzt fällt mir auf, dass meine Frau heute überaus schick angezogen ist.

„Warum hast du dich denn so aufgebrezelt?“

Sie verschränkt ihre Arme vor der Brust und sieht mich vorwurfsvoll an.

„Jetzt sag nicht, du hast es vergessen!“

Verdammt, diese Aussage, gepaart mit ihrer finsteren Miene, macht mir deutlich, dass heute etwas Besonderes ist. Leider kann ich mich beim besten Willen nicht daran erinnern, was das war.

„Äh …“

Ich setze eine entschuldigende Miene auf und hoffe, dass sie mir nicht gleich den Kopf abreißt. Angestrengt versuche ich mich zu erinnern, aber mein Gehirn arbeitet nicht mehr so gut wie früher.

„Grillfeier bei Hilde und Xaver?“, fragt sie vorwurfsvoll.

„Wie konnte ich das nur vergessen?“, erwidere ich und schlage mir mit der flachen Hand gegen die Stirn.

Es kommt ja nicht so oft vor, dass unser Dorfmetzger zu einer Grillfeier einlädt. Eigentlich ist er eher geizig und zurückhaltend mit Einladungen, selbst wenn man bedenkt, dass sich seine Kosten für

Fleisch und Wurst lediglich auf den Wareneinkaufspreis beschränken.

„Wann müssen wir denn dort sein?“, hake ich nach.

„Wir müssen gleich los. Hilde hat gesagt, dass wir schon Nachmittag zum Kaffee kommen sollen.“

„So früh schon?“

Stirnrunzelnd sehe ich auf meine Armbanduhr.

„Ich dachte eigentlich aus diesem Grund wärst du schon nach Hause gekommen.“

Erneut wirft sie mir einen finsteren Blick zu.

„Eigentlich muss ich gestehen, dass ich schon hier bin, weil ich so frustriert war, nachdem sich unser Verdacht als falsch herausstellte.“

Ich habe mir ja fest vorgenommen, dass ich nach Möglichkeit ehrlich zu Rosi bin. Abgesehen von meiner Ernährung, da lasse ich ab und an ein bisschen was unter den Tisch fallen. Alles muss sie schließlich auch nicht wissen.

„Willst du jetzt dennoch mit, oder soll ich ohne dich gehen?“, fragt sie grimmig.

„Klar komme ich mit, wenn es beim Leitner was umsonst gibt“, antworte ich ihr. „Bist du sicher, dass wir schon so früh eingeladen sind?“

„Ja da bin ich mir sicher. Warum?“

„Die haben doch den Laden noch geöffnet.“

„Nur weil sie eine Metzgerei haben, heißt es ja nicht, dass sie zu allen Öffnungszeiten dort anwesend sein müssen. Sie haben Personal, die die Stellung halten“, erklärt sie mir.

„Das passt aber gar nicht zum Xaver.“

Er ist eigentlich immer darauf bedacht die Personalkosten so niedrig wie möglich zu halten. Seine Frau steht gewissermaßen fast immer im Laden. Nur zu besonderen Anlässen nehmen sie sich mal frei.

„Hilde hat beschlossen, dass sie zukünftig etwas kürzertreten.“

„Hilde hat das also beschlossen?“

Das bedeutet dann wohl, dass Xaver dazu keine Aussage treffen durfte, denn wenn Hilde etwas beschließt, dann ist sie da nicht sonderlich kompromissbereit. So wie das bei Frauen meist der Fall ist.

„Ich gehe mich dann mal umziehen“, lenke ich schließlich ein.

Bei dieser Hitze ist weniger definitiv mehr. Allerdings bin ich nicht der kurze Hosen Typ, daher bin ich ganz froh, dass sich in Xavers Garten ein alter Baumbestand befindet. Es ist genügend Schatten vorhanden, um angenehm zu sitzen.

Als ich wieder nach unten komme, wartet Rosi schon abfahrbereit auf mich. In der Hand hält sie eine große Schüssel.

„Was ist da drin?“, hake ich nach.

„Nudelsalat“, entgegnet sie knapp.

Sehr gesprächig ist sie ja nicht gerade. Wie es aussieht nimmt sie es mir doch recht übel, dass ich die Grillfeier heute vergessen habe. Ein Glück, dass ich heute zufälligerweise früher heimgekommen bin, sonst hätte der Haussegen wieder schief gehangen.

Meine Frau nimmt immer etwas mit, wenn wir irgendwo eingeladen sind. Sie würde nie mit leeren Händen auftauchen. Außerdem weiß jeder unserer Freunde, dass Rosi eine begnadete Köchin ist. Sie ist für ihre Spezialitäten bekannt und ihre Angebote etwas Essbares zu den Feierlichkeiten beizutragen, werden für gewöhnlich gerne angenommen.

„Ich fahre hin und du zurück?“, frage ich vorsichtig, wobei mein Angebot vielmehr einer Bitte gleicht.

Meine Frau trinkt sowieso kaum Alkohol, während ich gerne zwei oder drei Bierchen zu mir nehme. Daher fährt sie für gewöhnlich auf der Heimfahrt. Allerdings weigert sie sich ab und an, wenn sie sauer auf mich ist. So wie es heute der Fall ist.

„Hast deinen Kater vom Samstag denn schon wieder verdaut?“, fragt sie vorwurfsvoll.

War ja klar, dass sie mir bei der erstbesten Gelegenheit meinen kleinen Ausrutscher vorwirft.

„Ich habe nicht vor mich vollzuschütten. Aber zwei oder drei Bierchen werden doch hoffentlich gestattet sein.“

Sie zieht ihre rechte Augenbraue in die Stirn und ihre Lippen kräuseln sich. Es scheint, als würde sie abwägen, ob sie mir diesen Gefallen tun sollte. So richtig überzeugt scheint sie nicht zu sein, als sie zaghaft nickt.

„Aber ich nehme dich nur wieder mit nach Hause, wenn keinerlei Gefahr besteht, dass du mir ins Auto kotzt“, sagt sie drohend.

„Schon verstanden“, schmunzle ich amüsiert, weil sie so finster dreinschaut.

Dennoch hat sie sich entschieden, mir meine Bitte nicht abzuschlagen. Sie liebt mich eben!

14. Kapitel

13. Juli, abends halb acht in Niederhaibach

„Also die erste Lage wäre fertig“, ruft Xaver durch den Garten. „Die mit dem größten Hunger, bitte mal herkommen!“

Ist ja wohl klar, dass dies der Startschuss für mich ist. Ich schnappe mir einen Teller vom Stapel und gehe auf Xaver und seinen Grill zu. Als er mich sieht, schmunzelt er amüsiert. Er spielt mit seiner Miene auf mein schnelles Auftauchen am Grill an.

Richard kommt gleich hinter mir her.

„War ja klar, dass du als erster am Futtertrog stehst“, sagt Richard amüsiert.

„Du bist ja nur neidisch, dass ich schneller war als du“, erwidere ich.

„Ein wenig schon ja“, gibt er lachend zu.

„Keine Sorge Leute, es ist genug für alle da“, wirft Xaver ein.

Er nimmt mit seiner Zange ein Stück Fleisch vom Grill und legt es auf meinen Teller. Anschließend gehe ich zu dem Tisch mit den Beilagen. Normalerweise bin ich ja nicht so der Salatesser, aber hier haben sich unsere Frauen wirklich übertroffen. Neben Rosis Nudelsalat, stehen verschiedene Salate.

Von Schicht-, über Reis- und sogar Wurstsalat ist alles dabei.

Daher lade ich mir den Teller voll. Als Rosi sich neben mich stellt, wirft sie einen mahnenden Blick auf mein Essen.

„Grillfleisch mit Wurstsalat?“, fragt sie mit einer deutlichen Spur Vorwurf in der Stimme.

Ich gebe ja zu, dass der Anteil am Wurstsalat im Vergleich zu den anderen Beilagen sehr großzügig ausfällt. Dennoch habe ich auch noch was anderes auf dem Teller.

„Da ist auch Kartoffelsalat“, verteidige ich mich und deute darauf.

„Von dem sieht man aber fast nichts“, entgegnet sie. „Du hast schon gesehen, dass es auch Gurken- und Tomatensalat gibt oder?“

„Die muss ich wohl übersehen haben“, erwidere ich schmunzelnd.

Auch wenn ich diese Salate geflissentlich übersehen habe, sollte Rosi mir dennoch anrechnen, dass ich überhaupt Salat auf meinem Teller habe. Offensichtlich sieht sie das nicht ganz so wie ich, denn sie rollt seufzend mit den Augen und schüttelt den Kopf.

„Du bist einfach unverbesserlich.“

Sie sieht mich mit ernster Miene an, doch dann heben sich ihre Mundwinkel zu einem versöhnlichen Lächeln. Offensichtlich ist sie heute nachsichtig mit mir. Vermutlich, weil sie eine Konfrontation vor den anderen Gästen vermeiden möchte. Vielleicht auch nur, weil sie mir noch die Sache mit dem Gemüseauflauf anrechnet, den ich mehr oder weniger anstandslos vertilgt habe.

Ich setze mich zu Richard an den Tisch, der offensichtlich das Salatbuffet völlig außer Acht gelassen hat. Dafür hat er neben dem Steak auch noch ein paar Würstel auf dem Teller.

„Du isst nur Fleisch und Würstel?“, frage ich ihn mit hochgezogenen Brauen.

Er runzelt die Stirn und wirft einen Blick auf meinen Teller.

„Sagt der mit Fleisch und Wurstsalat?“, entgegnet er zynisch.

Ich deute auf die Scheibe Brot, die ich mir auch noch vom Buffettisch mitgenommen habe.

„Zumindest esse ich nicht nur Fleisch“, erkläre ich ihm.

„Ja, weil dich deine Frau sonst rügen würde“, schmunzelt er. „Ich mache quasi Trennkost.“

„Was ist Trennkost?“, hake ich neugierig nach.

„Na, wenn man nur Fleisch oder nur Brot isst. Also alles für sich und nicht zusammen“, erklärt er. „Es ist eine Art Diät.“

„Es gibt eine Diät, bei der man nur Fleisch essen kann?“

Ungläubig starre ich ihn an.

„Klar“, murmelt er, bevor er sich einen großen Brocken Grillfleisch in den Mund schiebt.

In diesem Moment kommt Rosi und Richards Frau an den Tisch. Meine Frau setzt sich neben mich.

„Wusstest du, dass es eine Diät gibt, bei der man nur Fleisch isst?“, frage ich Rosi.

„Ja, das nennt man Trennkost“, antwortet sie, als wäre das eine Selbstverständlichkeit.

„Das wäre doch die perfekte Diät für mich“, schlage ich ihr vor.

„Nein, für dich wäre das nicht gesund. Du sollst nicht so viel rotes Fleisch essen. Für dich ist eine gesunde, fettarme Kost verträglicher.“

„Verträglicher?“, frage ich wenig begeistert. „Wohl vielmehr quälender.“

Ich sehe wie sich Richard ein Lachen verkneift. Ein finsterer Blick meinerseits beeindruckt ihn nicht wirklich. Er schiebt sich einfach eine weitere Gabel voller Fleisch in den Mund und macht auch kein Geheimnis daraus, dass es ihm vorzüglich schmeckt, während ich mir ein finsteres Knurren verkneife.

Erst als die Meute abgefüttert ist, kommt Xaver mit einem gefüllten Teller zu uns an den Tisch.

„Da kommt er ja, der Grillmeister“, ruft Richard und macht ihm Platz.

Xavers Frau Hilde rennt wie ein aufgescheuchtes Huhn durch den Garten und ist damit beschäftigt alle Gäste mit Getränken zu versorgen.

„Hilde, jetzt setz dich mal zu uns!“, ruft ihr meine Frau zu.

„Bin gleich da!“, winkt sie ab und verschwindet im Haus.

Als sie zurückkommt, hat sie eine Schüssel mit Bowle dabei, die sie in die Mitte des Tisches stellt. Anschließend füllt sie ein paar Gläser ab und verteilt sie vorwiegend an die weiblichen Gäste. Auch Rosi nimmt sich etwas von dem Gesöff, in dem Erdbeerstückchen schwimmen.

„Ist da Alkohol drin?“, frage ich Hilde.

„Nur ein bisschen Sekt“, entgegnet sie.

Ich sehe Rosi stirnrunzelnd an.

„Du wolltest doch fahren oder?“

„Ich habe es mir anders überlegt.“

„Aber du kannst doch nicht einfach deine Meinung ändern“, sage ich vorwurfsvoll.

„Als ich deinem Vorschlag zugestimmt habe, wusste ich ja nicht, dass Hilde ihre leckere Bowle macht“, erwidert sie schulterzuckend. „Das ist doch dein erstes Bier oder?“

Sie deutet mit dem Kinn auf meine Flasche. Sie will jetzt nicht wirklich darauf hinaus, dass ich heute den Fahrdienst übernehmen soll?

Ausgerechnet heute, wenn wir mit unseren ganzen Freunden gemütlich zusammensitzen. Wenn ich da nur Wasser trinke, werde ich die nächste Zeit ganz sicher damit aufgezogen, dass ich unter Rosis Fuchtel stehe. Vor allem, weil ich zuvor gegenüber Richard und Xaver noch große Töne gespuckt habe, dass wir heute ausgiebig anstoßen können.

„Du willst also, dass ich nach dem Bier auf Wasser umsteige?“, hake ich sicherheitshalber nach.

Vielleicht lenkt sie ja doch noch ein, wenn ihr die Tragweite ihrer Forderung bewusst wird. Doch ihrer Miene nach zu urteilen, ist das wohl eher nicht der Fall. Sie nickt mit einem entschuldigenden Schulterzucken, bevor sie das Bowleglas an die Lippen setzt und einen großen Schluck daraus nimmt.

„Die ist einfach so lecker“, schwärmt sie genüsslich. „Da musst heute ausnahmsweise mal du fahren.“

Als sie mich mit einem Augenaufschlag ansieht, bei dem ich ihr einfach nichts abschlagen kann, lenke ich schließlich ein. Außerdem würde es kein gutes Ende nehmen, wenn ich jetzt eine Diskussion darüber anfangen würde, dass ich ihre Entscheidung nicht gutheiße.

„Also gut, ich steige um auf Wasser“, seufze ich.

„Wir hätten auch alkoholfreies Bier“, schlägt Helga vor.

Xavers Kopf schnellt hoch und er sieht sie ungläubig an.

„Wir haben was?“, fragt er entsetzt. „Warum kaufst du denn so einen Dreck? Wer soll das den saufen?“

„Weil es Leute gibt, die es gerne trinken“, entgegnet sie schroff.

„Aber nicht in meinem Freundeskreis“, murmelt Xaver in unsere Richtung.

Ich presse meine Lippen fest aufeinander, um nicht laut loszulachen. Wer braucht schon Bier, um Spaß zu haben?

Ich hatte letzten Samstag mehr als genug davon!

15. Kapitel

14. Juli, vormittags halb neun in Straubing

Wir haben Thomas Freundin Barbara für heute Nachmittag zu uns aufs Revier bestellt. Auch wenn Thomas Ulbrich uns glauben lassen möchte, dass es sich nicht um seine Kette handelt, so habe ich weiterhin den Verdacht, dass er etwas mit dem Brand zu tun hat.

Aber zuerst kommen noch ein paar Feuerwehrfreunde von Thomas zu uns. Wir wollen sie fragen, was es über ihren Kameraden zu berichten gibt. Vielleicht hat er ja irgendwas Verdächtiges gesagt oder getan, das einem von den jungen Männern aufgefallen ist.

Wir stellen Stühle bereit, denn normalerweise empfangen wir nicht gleich ganze Gruppen zu Befragungen. Zuerst wollten wir mit den Jungs in den Verhörraum gehen, doch ich hatte angemerkt, dass sie vielleicht in einer freundlicheren Umgebung redseliger wären. Außerdem sind sie ja nicht verdächtig, sondern sollen uns lediglich bei der Suche nach dem Täter behilflich sein.

Pünktlich trudeln sie alle ein. In unserem Büro sitzen acht junge Feuerwehrkameraden. Sie wirken etwas angespannt. Simone gleicht die Personalien mit unserer Liste ab. Nicht, dass sich jemand mit einer falschen Identität hier reinsetzt. Es ist ja nicht so, dass ich die Jungs nicht kennen würde. Aber ich muss gestehen, dass ich ein Problem mit Namen und Gesichtern habe. Vor allem, wenn sich die noch so stark verändern, wie es bei Heranwachsenden eben ist.

Als Simone damit fertig ist, übernehme ich das Wort. Immerhin bin ich in einem Alter, in dem ich der Vater von den Jungs hier sein könnte. Vielleicht kann ich ihnen ja etwas Respekt einflößen und so etwas aus ihnen rausbekommen.

„Also von euch war keiner am Samstagabend bei unserem Feuerwehrfest oder?“

Ich habe keinen von ihnen dort gesehen. Überhaupt waren unsere jungen Kameraden nicht sehr zahlreich anwesend. Am Abend war vorwiegend die ältere Generation vertreten und wir haben tapfer standgehalten.

Unisono schütteln sie den Kopf.

„Wir waren nur zur Mittagszeit dort. Abends hatte ein Freund von uns Geburtstag und wir waren alle auf seiner Party.“

Es klingt wie eine Entschuldigung und er versucht ihre Abwesenheit zu erklären. Offensichtlich ist es ihnen etwas peinlich, dass sie an der Feier abends nicht da waren. Zudem haben sie somit den Feuerwehreinsatz verpasst. Auch da hat die ältere

Generation die Stellung gehalten. Natürlich mit Hilfe der Feuerwehren unserer Nachbarorte. Denn bei uns waren sehr viele durch Alkohol außer Gefecht gesetzt. Einschließlich mir, wie ich leider zugeben muss.

„War Herr Thomas Ulbrich auch bei Ihnen dabei?“, hake ich nach.

„Beim Mittagessen schon, aber auf der Geburtstagsfeier nicht. Da war er nicht eingeladen“, antwortet einer der jungen Männer.

Ich greife nach der Kette und halte sie den Männern vor die Nase.

„Kennt ihr diese Kette?“, frage ich in die Runde.

Jene, die keinen guten Blick darauf haben, stehen auf und nähern sich mir. Mit zusammengezogenen Augenbrauen sehen sie die Kette genau an.

„Das ist doch dem Thomas seine Hundemarke“, sagt schließlich einer von ihnen.

„Stimmt, das ist auch die Gravur.“

„Mit der hat die Barbara ihn doch letztendlich als ihr Eigentum gezeichnet.“

Wie es scheint, waren die Kameraden von Thomas nicht gerade angetan, von seinem Kettchenanhänger, welchen er von seiner Freundin erhalten hat. Ich muss ihnen da zustimmen, ich kann mich für solche Ketten auch nicht begeistern.

„Hat denn jemand von Ihnen einen Verdacht, wer für das Feuer verantwortlich sein könnte?“, fragt Simone.

Sie schütteln unisono den Kopf. Wie es scheint sind sie sich einig.

„Gibt es jemanden, dem Sie so eine Tat zutrauen würden?“, hake ich nach.

Nun wird ihr Kopfschütteln schon zögerlicher. Der ein oder andere wechselt mit seinem Sitznachbarn einen angespannten Blick. Offensichtlich habe ich mit meiner Frage ins Schwarze getroffen.

„Nur keine Zurückhaltung. Egal wen Sie verdächtigen, sagen Sie es uns!“, fordere ich hartnäckig.

Alle schweigen und wechseln unsichere Blicke.

„Sie brauchen auch keine Bedenken haben, dass Sie Probleme wegen falscher Verdächtigung bekommen. Nur weil Sie uns einen Namen nennen, bedeutet das nicht, dass wir denjenigen gleich verhaften“, versucht Simone die Meute zu beruhigen. „Wir würden lediglich Nachforschungen anstellen und Beweise für die Schuld oder Unschuld desjenigen suchen.“

Weiterhin schweigt die Gruppe und sie sehen sich nervös um.

„Ihr Name bleibt natürlich außen vor“, versichert Hansi. „Niemand erfährt wer denjenigen angeschwärzt hat.“

Hansis letzter Satz ist nicht gerade hilfreich dabei, die jungen Männer zum Reden zu bringen. Es ist vielmehr so, dass die Tatsache, dass Hansi denjenigen indirekt als Verräter bezeichnet, die Gruppe noch weiter zum Schweigen bewegt.

„Nicht gerade hilfreich, Hansi“, knurre ich ihm zu.

Er zuckt nichtsahnend die Schultern.

„Ich wollte nur helfen“, brummt er und verschränkt beleidigt die Arme.

„Hört mal Jungs, wir wollen doch alle den Feuerteufel finden und dafür sorgen, dass er nicht noch weitere Feuer legt.“

Bei meinen Worten wechseln sie erneut Blicke, doch die Mienen ändern sich. Der ein oder andere wirkt entschlossen und beinahe überzeugt.

„Alles, was Ihr uns hier sagt, verlässt nicht diesen Raum okay!“, versichere ich ihnen.

„Wir können natürlich auch Einzelgespräche führen“, wirft Simone ein und ihr Tonfall hat einen leichten Anflug von Drohung.

Ich kann es in ihren Augen sehen. Jetzt haben wir sie überzeugt!

„Nicht nötig“, sagt schließlich einer seufzend. „Thomas war immer etwas anders und ich könnte mir schon gut vorstellen, dass er das Feuer gelegt hat.“

„Aber ganz sicher wollte er nicht, dass dabei jemand verletzt oder gar getötet wird“, wirft ein anderer impulsiv ein.

„Nein das ganz sicher nicht“, versichert ein weiterer.

„Davon gehen wir im Moment auch nicht aus“, stimme ich ihnen zu, um die aufgebrachte Gruppe etwas zu beruhigen.

Auch wenn nicht alle von ihnen sich dazu äußern, so scheint es doch, als wären sie sich alle darin einig, dass sie Thomas Ulbrich zutrauen ein Brandstifter zu sein.

„Was meinen Sie damit, er wäre etwas anders?“, hakt Simone neugierig nach.

„Na ja, er tut sich schwer sich in die Gruppe zu integrieren. Es ist nicht so, dass wir ihn nicht leiden könnten …“

„… aber er ist einfach charakterlich sehr schwierig“, vollendet ein Kamerad den Satz.

„Warum glauben Sie, dass er das Feuer gelegt hat?“, fragt Simone stirnrunzelnd.

„Er war nicht zu dieser Geburtstagsfeier eingeladen, auf der wir waren und wollte an diesem Abend lieber mit uns auf das Feuerwehrfest gehen. Als wir ihm jedoch abgesagt haben, weil wir lieber auf den Geburtstag wollten, hatte er erwähnt, dass wir da sicher was verpassen würden.“

„Und ihr denkt das war die Anspielung auf das Feuer?“, frage ich nach.

„Die meisten von uns waren ja noch nie bei einem richtigen Brand dabei. Daher wäre es schon ganz aufregend mal einen echten Einsatz zu erleben. Natürlich wünschen wir uns das nicht, aber dafür sind wir ja zur Feuerwehr gegangen“, gesteht einer von ihnen.

„Ihr glaubt Thomas Ulbrich hat das Feuer gelegt, um euch eins auszuwischen?“, fragt nun Hansi.

Die jungen Männer nicken gemeinschaftlich. Auch wenn es sich wie ein schlechter Scherz anhört, wäre es doch gut möglich, dass es sich tatsächlich so abgespielt hat. Thomas wusste schließlich, dass seine Kameraden bei der Geburtstagsfeier sind, die einige Kilometer entfernt stattgefunden hat. Keiner von ihnen war also in Hörweite der Sirenen und selbst wenn, wäre wohl keiner mehr fahrtüchtig gewesen. Vielleicht hat Thomas wirklich das Feuer gelegt, um ihnen eins auszuwischen.

Die Frage ist jetzt nur, wie beweisen wir ihm das, denn die Sache mit der Kette spricht ja für einen anderen Täter. Einem, der komischerweise dieselbe Kette hatte. Es gibt natürlich auch noch die Möglichkeit, dass jemand Thomas Ulbrich die Tat in die Schuhe schieben wollte und aus diesem Grund die Kette nachmachen ließ und sie am Tatort platzierte. Vielleicht war es sogar einer seiner Kameraden, die sich gerade hier bei uns im Büro befinden. Wie man rausgehört hat, waren sie ja alle nicht so wahnsinnig gut auf ihn zu sprechen.

16. Kapitel

14. Juli, nachmittags halb drei in Straubing

„Barbara Strohmeier ist da“, informiert uns Simone, als sie den Hörer auflegt und von ihrem Platz aufsteht.

Sie verlässt unser Büro und holt Herrn Ulbrichs Freundin am Empfang ab. Hansi sieht mich nachdenklich an.

„Jetzt bin ich ja mal gespannt, was sie uns zu sagen hat.“

„Ich auch“, murmle ich.

„Wenn du mich fragst, ist der Ulbrich unser Täter“, sagt Hansi entschlossen.

„Und wie erklärst du dir dann das mit der Kette?“, entgegne ich.

Hansi zuckt mit den Schultern.

„Keine Ahnung, vielleicht hatte seine Freundin ja zwei gekauft. Eine für ihn und eine für sich selbst.“

Bevor ich mich zu seiner Vermutung äußern kann, kommt Simone mit der Freundin von Thomas Ulbrich zur Tür herein. Die junge Frau wirkt etwas eingeschüchtert und kommt mir an sich sehr verschlossen vor. Als sie sich auf dem bereitgestellten

Stuhl setzt, verschränkt sie ihre Hände im Schoß und senkt ihre Lider.

„Frau Ulbrich, es geht um die Kette, die Sie Ihrem Freund Thomas Ulbrich geschenkt haben“, informiert Simone die junge Frau. „Haben Sie nur eine davon gekauft, oder zwei?“

„Warum sollte ich zwei davon gekauft haben?“, hakt sie irritiert nach.

„Vielleicht eine für Ihren Freund und eine für Sie?“, erkläre ich zögerlich.

Sie runzelt die Stirn.

„Nein, ich habe sie als Geschenk für Thomas gekauft.“

„Können Sie uns denn sagen, wo Sie diese Kette gekauft haben?“, fragt Simone.

„Ja klar, ich habe sie im Internet bestellt“, antwortet sie.

Simone notiert sich den Online-Shop, wie sie dieses neumodische Zeug nennen. Ich kann ja nicht verstehen, warum man für sowas nicht einfach in ein Schmuckgeschäft geht und dort ein passendes Stück aussucht. Aber offensichtlich läuft das heutzutage alles völlig anders. Ich frage mich gerade ob überhaupt noch jemand ohne dieses Internet überlebensfähig wäre. Die meisten vermutlich nicht.

„Hat Ihr Freund die Kette immer getragen?“, hake ich nach.

„Ich glaube schon“, sagt sie zögerlich.

„Aber sicher sind Sie sich nicht?“

Bei Simones Nachfrage wirkt sie noch angespannter. Sie senkt ihren Blick.

„Wir sehen uns ja nicht ununterbrochen, also kann ich nicht sagen, ob er sie immer trägt“, antwortet sie schließlich.

„Hatte er sie denn bisher immer getragen, wenn Sie mit ihm zusammen waren?“

Bei meiner Frage schluckt sie schwer und presst die Lippen aufeinander.

„Nicht immer“, gibt sie schließlich zu. „Aber ich habe auch nicht damit gerechnet, dass er sie ununterbrochen trägt.“

„Wann ist es Ihnen denn aufgefallen, dass er sie nicht umhatte?“

Es ist das erste Mal, dass Hansi sich in dieses Gespräch einschaltet. Er sieht sie mit nachdenklicher Miene an.

Sie presst ihre Lippen aufeinander und runzelt die Stirn. Offensichtlich denkt sie nach, inwieweit sie die Frage beantworten soll. Ich bin mir sicher, dass sie abwägt, ob sie uns anlügen soll. Wobei ich mir jedoch nicht sicher bin, sind ihre Ambitionen. Weiß sie, dass ihr Freund den Brand gelegt hat und will ihn durch eine Falschaussage schützen, oder weiß sie nichts davon und hat lediglich Angst er könnte es gewesen sein?

„Das war vor ein paar Tagen, aber ich habe ihn nicht angesprochen, weil ich mir dachte, er hätte sie vielleicht beim Duschen abgenommen und dann vergessen wieder umzulegen“, sagt sie schließlich zögerlich. „Und als wir uns wieder getroffen haben, hatte er sie auch wieder um.“

„Können Sie uns denn sagen, an welchem Tag das genau war?“, hakt Simone unnachgiebig nach.

Erneut presst sie die Lippen aufeinander und schüttelt schulterzuckend den Kopf. All diese Gesten zusammen machen deutlich, dass sie nicht aufrichtig ist.

„Da habe ich nicht so aufgepasst“, murmelt sie.

Es ist wirklich nicht zu übersehen, dass sie lügt und das auch noch wirklich schlecht.

„Denken Sie einfach genau nach, dann fällt es Ihnen bestimmt wieder ein“, sagt Simone freundlich, doch der drohende Unterton ist nicht zu überhören.

Sie hat eine Gabe dafür, wie man mit Menschen redet, um ihnen deutlich zu machen, dass nicht mit einem zu spaßen ist und dabei dennoch höflich zu bleiben.

Sie zögert ziemlich lange, bis sie endlich antwortet.

„Ich glaube es war am Sonntag“, gesteht sie schließlich.

„Vergangenen Sonntag?“, hake ich nach.

Sie nickt verhalten. Ich wechsle einen Blick mit Hansi und Simone, denn das bedeutet, Thomas Ulbrich hatte einen Tag nach der Tat die Kette nicht um.

„Und wann hatte er sie dann wieder getragen?“, fragt Hansi.

„Gleich am nächsten Tag“, antwortet sie zügig.

„Wann am nächsten Tag?“

Bei Simones Nachhaken runzelt Frau Strohmeier die Stirn.

„Morgens, vormittags oder abends?“, erklärt Simone ungeduldig.

„Ach so, wir haben uns erst abends nach der Arbeit getroffen und da hatte er sie wieder um“, antwortet sie schließlich.

„Dann hätte er sich den ganzen Montag eine Neue besorgen können“, murmle ich nachdenklich.

„Was meinen Sie?“, hakt die Freundin aufgebracht nach. „Sie glauben doch nicht, dass mein Thomas etwas mit dem Feuer zu tun hat?“

Sie sieht mich mit finsterer Miene an.

„Wir glauben überhaupt nichts“, erwidere ich beschwichtigend.

„Müssen aber alles prüfen“, wirft Simone ein.

Nach ein paar weiteren Fragen, die uns nicht wirklich weiterbringen, verabschieden wir Frau Strohmeier. Anschließend sitzen wir mit hängenden Schultern in unseren Schreibtischstühlen und starren Löcher in die Luft.

„Der hat sich am Montag bestimmt eine neue Kette besorgt.“ Ich durchbreche mit meiner Vermutung die Stille.

„Aber die Freundin sagte doch, dass sie die Kette im Internet gekauft hat. Ich habe das schon geprüft, der Versand dauert mindestens einen Tag, um das Päckchen zu erhalten“, entgegnet Simone.

„Nur weil die Strohmeier es online bestellt hat, heißt das ja nicht, dass es in Straubing kein Schmuckgeschäft gibt, welches diese Ketten auch verkauft“, brummt Hansi.

„Dann wissen wir ja, was wir morgen tun“, murmle ich mit fehlender Begeisterung.

Eigentlich habe ich nämlich absolut keine Lust bei der brütenden Hitze einen Einkaufsmarathon hinzulegen. Ich weiß ja nicht wie viele Schmuckgeschäfte es in Straubing und Umgebung gibt, aber es sind sicherlich einige. Außerdem sind die über die ganze Stadt verteilt, denn ich denke nicht, dass es sehr geschäftstüchtig wäre, eins neben das andere zu setzen.

„Wann machen denn die auf?“, fragt Hansi.

„Normalerweise so halb zehn“, antwortet Simone. „Aber ich mache gleich noch eine Liste, mit allen Geschäften der Stadt, die Schmuck verkaufen und schreibe auch die Öffnungszeiten dazu. Dann können wir morgen shoppen gehen.“

Für meinen Begriff ist sie viel zu enthusiastisch. Wie es aussieht ist es für sie keine Qual bei der Hitze durch die Stadt zu laufen und Türklinken zu putzen.

17. Kapitel

15. Juli, vormittags halb zehn in Straubing

Mir steht der Schweiß schon auf der Stirn, obwohl ich vor fünf Minuten erst aus dem Auto gestiegen bin. Die Innenstadt ist gefühlt nochmal um zehn Grad heißer, als etwas außerhalb. Kein Wunder, immerhin ist hier überall Kopfsteinpflaster und Asphalt. Von Bäumen und Grünflächen ist nicht viel zu sehen.

Diese verfluchte Hitze bringt mich noch um!

Um unsere Liste schneller abzuarbeiten, haben wir uns aufgeteilt. Vor mir warten fast zehn Geschäfte, in denen überall Schmuck verkauft wird. Diese muss ich nacheinander abklappern und dabei hoffen, dass in einem davon Thomas Ulrich versucht hat eine Kette zu kaufen, im besten Fall das sogar getan hat.

Als ich das erste Geschäft betrete, atme ich erleichtert auf. Offensichtlich gibt es hier eine Klimaanlage, die den Aufenthalt definitiv angenehmer macht. Ein junger, dunkelhaariger Mann mit einem gepflegten Äußeren steht hinter dem Tresen und begrüßt mich freundlich.

„Was kann ich denn für Sie tun?“, fragt er mich.

„Haben Sie so eine Kette?“, entgegne ich ihm, ohne mich vorher vorzustellen.

Er kann ruhig denken, dass ich eine Kundschaft bin. Es reicht, wenn ich mich als Polizist zu erkennen gebe, sobald sich herausstellt, dass unser möglicher Täter sein Kunde war.

Er schüttelt den Kopf.

„Nein, tut mir leid. Aber ich habe andere Ketten und Anhänger, die Ihnen vielleicht gefallen und die mit einer Gravur versehen werden können.“

Er greift unter seinen Tresen und holt ein samtbezogenes Brett hervor, auf dem sich mehrere dieser Anhänger befinden, die mich an Hundeplakette erinnern.

„Nein, es geht mir genau um diesen Anhänger. Können Sie sich erinnern, ob diese Woche schon mal jemand danach gefragt hat?“

Der Verkäufer beugt sich vor und vergrößert das Display meines Handys mit seinen Fingern. Was bei ihm so leicht aussieht, bereitet mir noch immer Probleme. Entweder habe ich zu datschige Finger für dieses technische Zeug, oder ich bin einfach zu ungeschickt.

„Tut mir leid, diesen Anhänger habe ich noch nie gesehen“, versichert er glaubwürdig.

„Arbeitet außer Ihnen noch jemand hier?“, hake ich nach.

„Nur der Chef, der ist gerade in der Werkstatt.“

„Können Sie ihn kurz holen, damit er einen Blick darauf wirft?“

Er nickt und greift zum Telefon. Schon zwei Minuten später betritt der Inhaber den Laden und sieht sich das Bild an.

„Den Anhänger kenne ich nicht. Er befindet sich nicht in unserem Repertoire“, sagt der ältere Mann schließlich.

Unverrichteter Dinge verlasse ich das Geschäft und als ich ins Freie trete, laufe ich gegen eine schwüle Wand. Am liebsten würde ich wieder zurück in den Laden gehen, aber ich kann mich ja schlecht den ganzen Tag hier verkriechen. Ich muss dringend diese verfluchte Liste abarbeiten.

Glücklicherweise habe ich nur ein paar Meter bis zum nächsten Schmuckgeschäft. Auch hier gibt es eine Klimaanlage. Vielleicht besteht ja doch die Hoffnung, dass ich diesen Tag ohne Hitzschlag überstehe.

Der Ablauf ist gewissermaßen der Gleiche. Leider auch das Ergebnis. Erneut verlasse ich den Laden, ohne irgendwas rausgefunden zu haben. Also mache ich mich auf den Weg zum nächsten Laden. Diesmal ist der Weg jedoch weiter und mit jedem Schritt vermehren sich die Schweißperlen auf meiner Stirn.

Zwei Läden später habe ich die Hoffnung beinahe aufgegeben. Offensichtlich waren auch meine Kollegen nicht erfolgreich, ansonsten hätte ich vermutlich schon etwas von ihnen gehört.

Als ich den nächsten Laden betrete, stelle ich enttäuscht fest, dass es hier keine Klimaanlage gibt.

Hier werde ich mich nicht sehr lange aufhalten und nur schnell abklären, ob jemand den Anhänger kennt.

Ein älterer Mann mit Bart steht hinter dem Tresen und begrüßt mich freundlich.

„Grüß Gott, was kann ich für Sie tun?“

Erneut hole ich mein Telefon hervor und halte ihm das Display entgegen.

„Haben Sie so einen Anhänger?“, frage ich ihn.

Er verengt seine Augen und stößt anschließend seufzend den Atem aus.

„Nicht Sie auch noch“, stöhnt er und sieht mich vorwurfsvoll an.

„Wie meinen Sie das?“, frage ich irritiert nach.

„Sie sind diese Woche schon der Zweite, der nach so einem Anhänger fragt“, erklärt er.

Bingo!

Endlich haben wir einen Anhaltspunkt und die ganze Schwitzerei war vielleicht nicht umsonst.

„Warten Sie!“, murmle ich und suche auf meinem Handy nach dem Foto von Thomas Ulbrich. „War es dieser Mann?“

Der Verkäufer runzelt die Stirn und kneift erneut seine Augen zusammen. Offensichtlich hat er es etwas an den Augen und sieht nicht mehr so gut. Hoffentlich bedeutet das nicht, dass es gar nicht der Anhänger ist, nach dem er diese Woche gefragt wurde.

„Ja genau, das war der Kerl“, antwortet er schließlich.

Er wirkt nicht so, als wäre er sich unsicher. Im Gegenteil, für mein Empfinden ist er ziemlich überzeugt davon, dass es Herr Ulbrich war, der bei ihm nach dem Anhänger gefragt hat.

„Wann war er denn da?“, hake ich nach.

Der Verkäufer runzelt die Stirn und sieht mich misstrauisch an.

„Warum fragen Sie eigentlich?“

Gegen eine gesunde Portion Misstrauen ist wirklich nichts einzuwenden, doch im Moment nervt er mich damit gewaltig.

„Ich bin pensionierter Polizist und arbeite noch als Berater“, erkläre ich ihm.

Als er mich misstrauisch beäugt, hole ich den kleinen eingeschweißten Ausweis hervor, den mir meine Kollegen besorgt haben. Eigentlich dachte ich ja, den würde ich niemals brauchen, aber offensichtlich habe ich mich da geirrt.

Der Mann nimmt ihn genau unter die Lupe, bevor er ihn mir nickend zurückgibt.

„Das war am Montag, gleich in der Früh. Als ich den Laden aufgesperrt habe, stand er bereits vor der Tür“, erklärt er.

„Wollte er den Anhänger auch mit dieser Gravur?“, frage ich neugierig, denn ich bin mir ziemlich sicher, dass wir jetzt einen Zeugen gegen Thomas Ulbrich gefunden haben.

„So weit sind wir gar nicht erst gekommen“, antwortet der Mann.

„Warum?“, frage ich irritiert.

„Ich hatte keinen solchen Anhänger und da er darauf bestand, er müsste genauso aussehen ohne jegliche Abweichung, ist er ohne Kette und Anhänger wieder abgezogen“, erklärt er schulterzuckend.

„Sind Sie ganz sicher, dass es dieser Mann war, der genau nach diesem Anhänger gefragt hat?“

Ich muss ganz sicher sein, bevor ich meine Kollegen informiere.

„Tausend prozentig“, versichert er. „Auf dem Bild, das er mir unter die Nase gehalten hat, war er abgebildet und trug diese Kette, mit genau dieser Gravur. Mit diesen neumodischen Dingern …“, er deutet auf mein Handy „… kann man ja die Fotos ganz groß machen, daher konnte ich es auch genau sehen.“

Ich notiere mir seine Personalien, bevor ich ihn vorwarne, dass wir ihn vielleicht nochmal kontaktieren und seine Aussage schriftlich benötigen. Er nickt es gleichgültig ab und fragt auch gar nicht nach, warum ich ihm all die Fragen gestellt habe.

Vermutlich hört er Tag ein Tag aus genügend Lebensgeschichten und ist daher so desinteressiert. Mir solls recht sein. Solche Leute sind mir eh viel lieber, als die neugierigen Schnepfen, die uns mit Fragen löchern, über Dinge die sie gar nichts angehen.

18. Kapitel

15. Juli, mittags halb eins in Straubing

Wir sitzen im Biergarten und ich nehme einen großen Schluck aus dem Wasserglas. Ich habe ihnen bereits von meinen Neuigkeiten erzählt, doch bisher hat noch kein anderer Juwelier ausgesagt, dass Thomas Ulbrich bei ihm war.

„Wie viele habt ihr denn noch auf der Liste?“, frage ich nach.

„Bei mir ist es nur noch einer“, antwortet Hansi.

„Ich bin durch“, sagt Simone mit einem überheblichen Grinsen.

Die jungen Leute sind mal wieder schneller. Aber ich habe schließlich einen Rentnerbonus und darf etwas länger brauchen, als die anderen. Ich unterschlage jetzt mal die Tatsache, dass ich die Liste mit den wenigsten Laufwegen habe. Aber zumindest bin ich der Einzige, der einen Erfolg vorweisen kann.

„Noch zwei, dann bin ich auch fertig.“

„War ja klar, dass du wieder zurückhängst“, zieht Hansi mich auf.

Simone wirft ihm einen finsteren Blick zu, während ich nur gleichgültig lächle.

„Dafür habe ich was herausgefunden. Offensichtlich heißt jung nicht unbedingt nützlich“, erwidere ich.

Während Simone zu lachen anfängt, ist es nun Hansi, der finster dreinschaut. Er kann es gar nicht leiden, wenn man ihn an seiner Berufsehre packt. Aber wie heißt es so schön, wer austeilt, muss auch einstecken können.

„Jetzt habe ich aber erst einmal Hunger“, seufze ich und reibe mir den Bauch.

Ein Glück, dass in diesem Moment die Kellnerin mit unserer Bestellung auftaucht. Vor mir stellt sie eine Sülze ab. Bei diesen Temperaturen ist es das perfekte Essen. Hansi hat auch eine bestellt, während Simone einen Salat mit Putenstreifen serviert bekommt.

Es ist ja nicht so, dass dieser nicht lecker aussieht, aber für mich ist das eben nur eine Beilage. Wie auch immer, wenn sie von dem Grünzeug satt wird, ist es ja ihre Sache. Allerdings hat die Kellnerin lediglich einen Brotkorb auf dem Tisch abgestellt, was mir viel mehr Sorge bereitet, da ich dessen Inhalt mit Hansi und Simone teilen muss.

Mit Simone wäre das ja kein Problem, da sie nicht so viel isst, aber mit dem verfressenen Hansi könnte das eine knappe Kiste werden. Wenn ich mich nicht umsehe, isst er mir die ganzen Semmeln und das Bauernbrot weg. Dabei brauche ich gerade für die

Sülze viel davon, weil ich da so gerne in den essigsauren Stand eintauche.

Natürlich ist er es, der sich als erstes an dem Brotkorb bedient und sich dabei auch gleich die größte Scheibe Brot krallt. Simone hingegen knabbert nur an ihren Salatblättern, während Hansi und ich nach und nach den Brotkorb leeren.

Als sich nur noch eine halbe Scheibe Brot darin befindet, ergreife ich den Brotkorb und kann gerade so den Inhalt vor Hansi retten. Ich halte Simone den Korb entgegen.

„Magst du kein Brot zu deinem Salat?", frage ich sie, da ich eben im Gegensatz zu meinem Kollegen Manieren besitze.

„Nein danke, ich versuche gerade die Kohlenhydrate einzuschränken", antwortet sie.

„Die was?", fragt Hansi stirnrunzelnd nach.

Dieser Mann hat sich mit ganz großer Sicherheit noch nie in seinem Leben auch nur annähernd mit dem Thema Diät und Ernährung beschäftigt. Nicht, dass ich das groß hätte, aber im Gegensatz zu ihm, bin ich geradezu ein Fachmann auf diesem Gebiet.

„Brot, Nudeln, Reis, Zucker, Süßigkeiten …", zähle ich ihm auf.

Überrascht sieht Simone mich an.

„Ich bin beeindruckt, dass du dich da so auskennst", sagt sie.

„Kürzlich habe ich von einem Freund von Trennkost erfahren und da war ich natürlich gleich davon angetan auf Kohlenhydrate zu verzichten und mich dafür vorwiegend von Fleisch und Wurst zu ernähren“, erkläre ich ihr.

Simone wirft einen Blick auf meinen Teller. Darin befindet sich nicht nur ein kleiner Rest Sülze, sondern auch noch ein Stück Brot.

„Das sieht aber nicht nach Trennkost aus“, sagt sie mit zweifelnder Miene.

„Rosi hat mich davon überzeugt, dass diese Art der Ernährung für mich ungeeignet ist“, gestehe ich ihr.

Hansi lacht laut auf.

„Sie hat dir also verboten nur Fleisch und Wurst zu essen“, ruft er amüsiert. „Das überrascht mich gar nicht.“

Ich verenge meine Augen zu Schlitzen und sehe Hansi direkt in die Augen, als ich die letzte Scheibe Brot aus dem Brotkorb nehme, bevor ich ihn zurück auf den Tisch stelle.

„Hey, wie wäre es mit Teilen?“, fragt er vorwurfsvoll.

„Ich teile nicht mit Leuten, die mich so dumm von der Seite anmachen“, antworte ich und beiße provokant ein großes Stück von der Scheibe Brot ab.

Dabei muss ich an meine Enkelin denken. Als sie bei uns zu Besuch war, stand ein Teller mit Keksen auf dem Wohnzimmertisch und sie hat einfach von jedem ein Stück abgebissen und wieder zurückgelegt. Nur einen hat sie davon aufgegessen. Als ich sie fragte, warum sie das gemacht hat, antwortete sie mit einem neckischen Grinsen.

„Wenn ich die Kekse angebissen habe, gehören sie mir. Dann kann ich sie essen, wann immer ich möchte und keiner isst sie mir weg.“

So halte ich es mit dieser Scheibe Brot!

Während Simone sich ein Lachen verkneift, bestellt Hansi Brot bei der Kellnerin nach. Dabei wirft er mir einen vorwurfsvollen Blick zu. Während ich genüsslich den Rest meine Sülze mit dem Brot auftunke, sieht Hansi ungeduldig immer wieder zur Kellnerin.

„Ein Glück, dass dein Essen nicht kalt werden kann“, stichle ich in seine Richtung, bevor ich die letzte Gabel mit meinem Essen in den Mund schiebe.

„Aber davonfließen kann sie ihm“, wirft Simone amüsiert ein.

„Sehr witzig“, brummt er angesäuert.

Ich strecke meine Beine aus und lehne mich im Stuhl zurück. Dabei verschränke ich die Hände auf meinem Bauch und entlasse ein genüssliches Seufzen.

„Den Bauch voll, ein kühles Getränk und im Schatten sitzend, so lässt es sich aushalten.“

„Wir sind nicht hier, um zu entspannen, sondern zum Arbeiten“, knurrt Hansi, der mir die Aktion mit der letzten Scheibe Brot wohl so schnell nicht verzeihen wird.

„Wir könnten ja schon wieder arbeiten, aber du bist ja mit dem Essen nicht fertig. Immer müssen wir auf dich warten“, entgegne ich sarkastisch.

„Ich wäre schon längst fertig, wenn mir nicht ein egoistischer Kollege das Essen geklaut hätte“, erwidert er anklagend.

„Ach komm schon! Du warst einfach zu langsam!“

Zu meinem Glück kommt in diesem Moment die Kellnerin mit einem gefüllten Brotkorb und tauscht den Leeren aus. Hansis Augen funkeln wütend, doch das Verlangen danach seinen Teller zu leeren, ist offensichtlich größer, als das, weiter mit mir zu zanken.

Mit einem zufriedenen Lächeln schließe ich meine Augen. Das Leben kann manchmal so schön und amüsant sein. Mal abgesehen davon, dass ich den Täter, der das Leben meines Kameraden auf dem Gewissen hat noch immer nicht gefunden habe. Aber zumindest sind wir mittlerweile auf einem guten Weg.

19. Kapitel

15. Juli, nachmittags halb drei in Straubing

Hansi hat den Juwelier gefunden, der Thomas Ulbrich die Ersatzkette mit dem Anhänger verkauft hat. Gerade hat Hansi mich angerufen und jetzt befinde ich mich auf dem Weg dorthin. Ich komme gleichzeitig mit Simone bei dem Schmuckgeschäft an und als wir den Laden betreten, atme ich erleichtert auf. Es gibt eine Klimaanlage.

Nach einer kurzen Vorstellung, informiert uns Hansi, dass Herr Ulbrich am Montag kurz nach Ladenöffnung hier war und nach dem Anhänger fragte.

„Und Sie hatten diesen vorrätig?“, frage ich nach.

„Ja, ich habe einige solcher Anhänger immer auf Lager, weil die von den jungen Paaren ab und an gekauft werden. Dass ausgerechnet auch dieser dabei war, da hatte der Mann einfach Glück“, erklärt uns der Verkäufer. „Er war sowieso so aufgebracht und gehetzt, dass ich schon Angst hatte, er würde mir gleich hyperventilieren. Aber als ich ihm den Anhänger zeigte und versicherte, dass ich die Gravur genauso hinbekommen würde, wurde er schlagartig ruhiger.“

Wie uns der Mann weiter erklärt, hatte Herr Ulbrich ihm erzählt, dass er die Kette verloren hätte, die ein Geschenk seiner Freundin war. Gewissermaßen hat er ja nicht einmal gelogen. Er hat nur verschwiegen, dass er die Kette bei der Ausführung einer Straftat verloren hatte.

„Er hat auch gar nicht nach dem Preis gefragt, sondern wollte, dass ich so schnell wie möglich die Gravur machte und ihm die Kette überlasse."

Das ist der Beweis, nach dem wir gesucht haben.

Als wir den Laden verlassen, machen wir uns auf direktem Weg zu Familie Ulbrich. Die Zeugenaussage des Juweliers reicht, um Thomas Ulbrich damit zu konfrontieren und ihn zum Verhör mit aufs Revier zu nehmen.

Es wird seinem Vater zwar nicht gefallen, dass ich seinen Sohn abführe, aber da kann ich ihm nun leider nicht helfen. Der junge Mann hat eine Scheune in Brand gesteckt und auch wenn er dabei sicherlich keinen verletzen wollte, ist ein Mensch dabei ums Leben gekommen. Dafür wird er sich verantworten müssen.

Ein komisches Gefühl regt sich in meiner Magengegend, als wir bei den Ulbrichs vorfahren. Am liebsten würde ich ja meine Kollegen vorschicken und hier im Wagen auf sie warten. Allerdings würde ich wohl vor Hitze verglühen. Außerdem gilt kneifen nicht!

Tapfer drücke ich auf den Klingelknopf und es dauert nicht allzu lange, bevor uns Thomas Vater die Tür öffnet.

„Servus, ihr schon wieder“, begrüßt er uns mit mäßiger Begeisterung.

„Wir müssten nochmal mit deinem Sohn sprechen“, sage ich nach einer kurzen Begrüßung.

„Warum?“, fragt er misstrauisch. „Geht’s wieder um den Brand?“

„Indirekt“, antworte ich. „Zuerst geht es mal um seine Kette.“

„Geht’s durch in die Küche, du kennst ja den Weg. Dann hole ich Thomas.“

Wir kommen seiner Aufforderung nach und treffen in der Küche auf Frau Ulbrich, die uns etwas verhalten begrüßt. Vielleicht bilde ich mir das ja auch nur ein, aber ich werde das Gefühl nicht los, dass sie etwas weiß.

„Mögt ihr eine Tasse Kaffee?“, fragt sie höflich und springt von ihrem Stuhl auf. „Ich hätte auch noch einen Eierlikörkuchen.“

Gerade als ich im Begriff bin, das Angebot anzunehmen, hören wir die Haustür knallen. Simone und Hansi sehen mich ungläubig an.

„Der versucht doch jetzt nicht abzuhauen?“, fragt Simone ungläubig und noch bevor der Satz ganz ihren Mund verlassen hat, sprintet sie auch schon los.

Hansi hetzt ihr hinterher und auch ich folge ihnen, wenn auch nicht ganz so flott, wie die beiden.

„Gehen Sie mir aus dem Weg!“, ruft Simone grimmig, als sich Thomas Vater demonstrativ im Flur vor ihr aufbaut.

Ich fasse es nicht, der hat ihm wohl zur Flucht verholfen und versucht jetzt, uns von der Verfolgung abzuhalten. Das bedeutet dann wohl, dass er von der Tat seines Sohnes weiß und es gibt keinen Zweifel mehr daran, dass wir unseren Täter gefunden haben.

„Das ist Behinderung der Justiz“, schimpft Hansi lautstark und mit vereinten Kräften schieben meine beiden Kollegen den Mann beiseite.

„Bleiben Sie stehen!“, ruft Simone Thomas Ulbrich hinterher.

„Immer diese Rennerei!“, keucht Hansi.

Simone greift sich ein Fahrrad, das am Zaun lehnt und springt hinauf. Mit ein paar kräftigen Tritten in die Pedale holt sie den Kerl schnell ein. Dann spielt sich alles wie im Film ab. Sie lässt den Lenker los, stößt sich von den Pedalen ab und springt auf Thomas Ulrichs Rücken zu. Sie reißt ihn geradezu zu Boden und alleine beim Zusehen tuen mir sämtliche Knochen weh.

Wenn ich das nachmachen würde, wäre ich vermutlich für die nächsten Monate ans Bett gefesselt, weil ich mir dabei sämtliche Knochen brechen würde. Sowas kann man echt nur als junger Mensch machen und ganz ehrlich, selbst mit zwanzig Jahren wäre ich zu so einem Stunt, wie die Jugend das nennt, nicht fähig gewesen. Zumindest wäre ich anschließend wohl nicht so leichtfüßig auf die Füße gesprungen und hätte den Mann festgenommen, so wie das Simone gerade tut.

„Lassen Sie mich gefälligst los!“, ruft Thomas Ulbrich aufgebracht.

Hansi kommt Simone zu Hilfe und hält den jungen Mann fest, während Simone ihm die Handschellen anlegt. Hinter mir kommen die Eltern von Thomas angelaufen und, während die Mutter mit ihren Tränen zu kämpfen hat, sieht der Vater mich finster und vorwurfsvoll an.

„Ramsauer, wie kannst du das zulassen?“, wettert er aufgebracht.

„Wir haben stichhaltige Hinweise, dass dein Sohn den Brand gelegt hat. Es tut mir leid, aber wir müssen ihn zum Verhör aufs Revier bringen und die Tatsache, dass er versucht hat abzuhauen, spricht nicht gerade für seine Unschuld“, erkläre ich ihm ruhig, auch wenn ich ziemlich aus der Puste bin.

Dabei bin ich gerade mal ein paar Meter gelaufen. Also eigentlich bin ich wirklich zu alt für diesen Job.

„Lassen Sie meinen Sohn sofort frei!“, ruft er Simone und Hansi zu, als er bemerkt, dass er bei mir nicht weiterkommt.

Ich nehme den aufgebrachten Mann zur Seite und lege ihm meine Hand auf die Schulter.

„Wenn du etwas für ihn tun möchtest, dann besorg ihm einen guten Anwalt. Ich weiß, dass er mit seiner Aktion niemanden verletzen, geschweige denn töten wollte, aber trotzdem muss er sich dafür verantworten. Ein Anwalt kann jedoch dafür sorgen, dass die Strafe so gering wie möglich ausfällt."

Er sieht mich misstrauisch an und für einen Moment befürchte ich, er würde ausrasten und um sich schlagen. Doch seine Frau legt ihm ihre Hand auf den Unterarm und schluchzt leise.

„Hör auf den Karl!", fordert sie ihn auf. „Sonst machen wir das alles hier noch schlimmer."

Als er mit einem tiefen Atemzug seine Augen schließt, weiß ich, dass ich mir keine Sorgen mehr machen muss, dass hier noch einer eine Tat begeht, die er hinterher bereuen könnte.

„Also gut", gibt er schließlich nach.

Offensichtlich bleibt uns ein Tobsuchtsanfall und eine damit einhergehende Verhaftung erspart.

„Keine Sorge mein Sohn, ich rufe einen alten Bekannten an, der ist Anwalt", sagt er zu Thomas, als dieser von Simone abgeführt wird.

20. Kapitel

16. Juli, vormittags halb zehn in Straubing

Wir warten vor dem Verhörraum, denn der Anwalt und Thomas befinden sich schon in dem Zimmer. Die beiden besprechen sich, damit der Anwalt sich ein Bild machen und ihn bestmöglich beraten kann.

Jeden Moment müsste der Anwalt von Thomas die Tür öffnen und dann kann der junge Mann uns endlich erzählen, was genau geschehen ist. Wenn es sich bei dem Anwalt um keinen Quacksalber handelt, dann wird er ihm in diesem Fall sicherlich zu einem umfassenden Geständnis raten. Immerhin sind dem Rechtsverdreher unsere Ermittlungen bekannt und er kennt die Geschichte mit der Kette.

Im Übrigen wäre es für den jungen Mann sicherlich eine Last mit dieser Lüge zu leben. Da ist es doch viel besser reinen Tisch zu machen und zu hoffen, dass irgendwann Gras über die Sache wächst.

„Die lassen sich aber ganz schön Zeit", murmle ich ungeduldig.

„Was gibt es denn da überhaupt so lange zu besprechen?", fragt Hansi genervt. „Der Kerl soll einfach ein Geständnis ablegen. Immerhin sind die Beweise erdrückend. Also ich habe keinen Zweifel daran, dass dieser Mann schuldig ist. Es war definitiv seine Kette, die am Tatort gefunden wurde."

„Uns musst du das nicht erzählen. Wir sind da ganz deiner Meinung", entgegnet Simone.

Gerade als ich kurz davor bin, aufzuspringen und gegen die Tür des Verhörraums zu klopfen, öffnet sich die Tür und der Anwalt sieht uns auffordernd an.

„Wir wären dann soweit", nickt er uns zu.

„Na endlich", flüstert Hansi, als er sich hochstemmt.

Als wir den Raum betreten, sehe ich Thomas Ulbrich an, dass ihn sein schlechtes Gewissen quält. Sein Blick ist gesenkt, er nestelt an seinen Fingern und seine Körperhaltung wirkt eingefallen.

Eisiges Schweigen hängt im Raum, während wir Thomas Ulbrich erwartungsvoll ansehen. Er presst seine Lippen fest aufeinander und sieht hilfesuchend zu seinem Anwalt. Dieser nickt ihm auffordernd zu.

„Mein Mandant möchte ein Geständnis ablegen", sagt dieser.

Thomas zieht den Atem tief ein, bevor er schließlich aufsieht und dabei schrecklich unbeholfen wirkt.

„Ich wollte wirklich niemanden verletzen", versichert er reumütig.

Dabei wirkt er glaubwürdig und ich kann ihm deutlich ansehen, wie schwer es ihm fällt darüber zu sprechen. Vermutlich hat er sich bisher selbst eingeredet, dass er für den Tod des Mannes nicht verantwortlich ist. Doch mittlerweile wird ihm auch sein Anwalt verklickert haben, dass er ein Menschenleben auf dem Gewissen hat.

„Schildern Sie uns doch den Tathergang von Anfang an!“, sagt Simone

„Ich war sauer, weil alle meine Kameraden auf den Geburtstag eines Kameraden eingeladen waren. Alle, außer mir“, erzählt er sichtlich niedergeschlagen.

Wie es scheint hat ihn dieser Umstand ziemlich verletzt, was die Tat natürlich nicht rechtfertigt.

„Ich wollte, dass sie es bereuen, diese Geburtstagsfeier dem Feuerwehrfest vorgezogen zu haben. Da ich weiß, wie gerne alle von ihnen mal an einem richtigen Einsatz beteiligt gewesen wären …“

Er bricht während seiner Erzählung ab. Wir waren also auf dem richtigen Weg, was seine Beweggründe anging. Er hat das Feuer gelegt, um einen Feuerwehreinsatz auszulösen. Aber warum war er dann nicht bei dem Einsatz?

„Sie haben also das Feuer gelegt, damit Ihre Kameraden sich darüber ärgern, den Feuerwehreinsatz zu verpassen?“, fragt Simone.

Herr Ulbrich nickt und sieht beschämt auf seine Hände.

„Aber Sie waren doch gar nicht beim Einsatz dabei?“, hakt Hansi nach und nimmt mir damit die Worte aus dem Mund.

„Nein, ich hatte so ein komisches Gefühl und bekam nasse Füße. Daher bin ich nach Hause gefahren."

„Wie genau haben Sie den Brand gelegt?", frage ich ihn.

„Ich wusste, dass sich im Schuppen ein altes Mofa befand. Die Scheune gehört dem Vater eines Bekannten. Daher wusste ich auch, dass diese gut versichert ist. Ich habe bei meinem Freund extra nachgefragt", erzählt er.

„Ihr Freund war Mittäter?", fragt Simone ungläubig.

„Nein, ich habe ihn nur gefragt, wie sein Vater die Scheune versichert hat und was er dafür bezahlt. Dabei habe ich so getan, als bräuchte ich die Auskunft für einen Freund, der ebenfalls eine Scheune bauen möchte, und im Voraus die laufenden Kosten abklären wollte."

„Also waren Sie es alleine?", hakt Hansi sicherheitshalber noch nach.

Er nickt geständig.

„Erzählen Sie weiter!", fordere ich ihn auf. „Was ist dann geschehen?"

„Ich hatte einen kleinen Akkubohrer dabei, mit dem habe ich ein Loch in den Tank gebohrt, so dass das Benzin auf das Heu tropfte. So wollte ich den Verdacht darauf lenken, dass sich das Mofa selbst entzündet hätte. Anschließend brauchte es nur noch ein Streichholz. Ich hatte nicht damit gerechnet, dass sich das Feuer so schnell ausbreiten würde."

Er bricht in seiner Erzählung ab und in seinen Augen bilden sich Tränen. Jetzt tut er mir wirklich leid, denn vermutlich bereut er seine Tat zutiefst, doch er kann sie nicht rückgängig machen. Man muss mit so schwerwiegenden Entscheidungen leben und kann sich nicht davor drücken, für seine Fehler geradezustehen. Auch wenn einem oftmals erst hinterher die Tragweite der eigenen Handlungen bewusst wird.

„Ich habe nicht gewusst, dass der Hubert sich zum Schlafen in den Schuppen gelegt hat", sagt er niedergeschlagen. „Sonst hätte ich doch niemals das Feuer gelegt. Ich bereue es wirklich jede Sekunde, dass ich es für eine gute Idee gehalten habe. Geplant war ein kleines Feuer und nicht so ein riesiger Brand, bei dem auch noch der Hubert gestorben ist. Er muss schrecklich gelitten haben."

„Da kann ich Sie beruhigen, Herr Steiger war vermutlich bereits tot, als das Feuer ihn erreicht hatte. Er ist an der Rauchvergiftung gestorben", sagt Simone, der die Geschichte von Thomas offensichtlich auch etwas nahe geht.

Auch sie weiß, dass der junge Mann mit seiner dummen Tat sich das Leben ruiniert hat. Das lässt sich nie wieder hinbiegen. Den Rest des Verhörs bekomme ich nur noch am Rande mit. Meine Gedanken schweifen ab und ich bedaure es, dass der

Sohn meines Bekannten mit einer dummen Tat sein ganzes Leben verpfuscht hat. Außerdem ist da Hubert, der vermutlich noch viele schöne Jahre vor sich gehabt hätte, wenn da nicht dieser verdammte Brand gewesen wäre. Ein dummer Fehler hat mit einem Schlag zwei Leben zerstört.

Am Rand bekomme ich mit, dass sich das Verhör dem Ende zuneigt. Als wir das Zimmer verlassen, kann ich nicht sagen, dass das Geständnis von Thomas, Huberts Verlust in irgendeiner Weise erträglicher macht. Das miese Gefühl in meinem Bauch bleibt, selbst jetzt, wo ich weiß, wer für seinen Tod verantwortlich ist.

Das Geständnis bringt Hubert nicht zurück und auch wenn Thomas seine Tat bereut, bleibt mein Freund weiterhin tot. Das alles war einfach so unnötig.

„Karl, alles in Ordnung bei dir?“, fragt Simone mich, als wir auf dem Weg ins Büro sind.

„Ja, warum?“, entgegne ich.

„Du siehst ziemlich bedrückt aus“, sagt sie besorgt.

Meine Mundwinkel zucken. Es ist schön, wenn sich jemand um einen sorgt.

„Mir geht’s gut, ich bin nur etwas geknickt, weil der Junge mit einer blöden Dummheit einen Menschen getötet und damit sein Leben zerstört hat.

„Das können wir leider nicht mehr ändern, aber zumindest haben wir den Fall aufgeklärt und konnten den Täter festnehmen“, versucht sie mich aufzumuntern.

„Ich weiß, aber der Junge tut mir leid. Ich bin sicher er wollte nicht, dass es so endet.“

Bei meinen Worten nickt sie.

„Jeder muss für seine Fehler geradestehen, aber sein Geständnis wirkt sich sicherlich strafmildernd aus.“

Simone schenkt mir ein aufmunterndes Lächeln.

„Kaffee?“, fragt sie.

„Am liebsten eine ganze Kanne“, entgegne ich schmunzelnd.

ENDE

Impressum

Elisa Lark
c/o Werneburg Internet Marketing und Publikations-Service
Philipp-Kühner-Straße 2
99817 Eisenach

E-Mail: elisa-lark@freenet.de

Vielen Dank,

für den ehrlichen Erwerb meines Buches. Ich hoffe die Geschichte um den pensionierten Polizisten Karl Ramsauer hat dir gefallen.

Falls dem so ist, würde ich mich sehr freuen, wenn du dir die Zeit nehmen würdest eine Rezension zu schreiben.

Deine Elisa Lark

Glossar

Kanapee:	Sofa, Couch
Krautwickerl:	Kohlrouladen
Hamperer:	Nichtsnutz
lagg:	abgestanden
Diandl:	Mädchen
Schwammerlsuppe:	Pilzsuppe
Batz:	Dreck
Bissgurke:	anstrengende, nervige Frau
Preiß:	Menschen, die nicht bayrisch sprechen oder nicht aus Bayern kommen
Hallodri:	Weiberheld, hinter jedem Rock her
Sulze:	gebratenes kaltes Fleisch in saurem Gelee

Hundstage:	Tage, an dem es einem schlecht geht
Spezi:	Freund, Kumpel
Watterer:	Kartenspiel
ausschoffen: (Watten)	Spielzug beim Kartenspiel
Hagelstegga:	Gehstock

Wenn ihr wissen wollt, ob der Ramsauer weiterhin auf Verbrecherjagd geht, dann haltet die Augen nach seinem nächsten Fall offen. Infos und Neuigkeiten gibt's auf meiner Facebook-Seite.

Das Böse schläft nie …

In diesem Sinne, bis zum nächsten Mal!

Printed in Poland
by Amazon Fulfillment
Poland Sp. z o.o., Wrocław

35472761R00077